UN CADÁVER EN LA BIBLIOTECA

AGATHA CHRISTIE

Títulos publicados

Asesinato en el Orient Express
El asesinato de Rogelio Ackroyd
Diez negritos
Cianuro espumoso
Cita con la muerte
El misterio del tren azul
Un triste ciprés
Maldad bajo el sol
El enigmático Mr. Quin
Un cadáver en la biblioteca
Cinco cerditos
Matrimonio de sabuesos
La muerte visita al dentista
Intriga en Bagdad
Navidades trágicas
El misterio de Sittaford
Un puñado de centeno
Cartas sobre la mesa
La muerte de Lord Edgware
La señora Mc Ginty ha muerto
Se anuncia un asesinato
Asesinato en Bardsley Mews
Después del funeral
Tres ratones ciegos
Pleamares de la vida
Sangre en la piscina
Asesinato en Mesopotamia
El testigo mudo
El misterio de la guía de
    Ferrocarriles
El truco de los espejos
Poirot en Egipto
El hombre del traje color castaño
Muerte en las nubes
Destino desconocido
Matar es fácil
La venganza de Nofret
Trayectoria de boomerang
El misterioso Sr. Brown
Peligro inminente
Tragedia en tres actos

El secreto de Chimneys
El misterioso caso de Styles
Muerte en la vicaría
Hacia cero
Poirot investiga
El misterio de las siete esferas
Los trabajos de Hércules
Ocho casos de Poirot
Srta. Marple y trece problemas
Parker Pyne investiga
La casa torcida
Asesinato en la calle Hickory
El pudding de Navidad
El espejo se rajó de parte a parte
Un gato en el palomar
Asesinato en el campo de golf
En el Hotel Bertram
El tren de las 4,50
El misterio de Listerdale
Tercera muchacha
Misterio en el Caribe
Noche eterna
Inocencia trágica
Los relojes
El templete de Nasse-House
Poirot infringe la ley
El misterio de Sans Souci
Los cuatro grandes
Problema en Pollensa
Las manzanas
El cuadro
Los elefantes pueden recordar
Pasajero para Francfort
Primeros casos de Poirot
Némesis
Testigo de cargo
El caso de los anónimos
Telón
El misterio de Pale-Horse
Un crimen «dormido»
La puerta del destino

UN CADÁVER
EN LA BIBLIOTECA

AGATHA CHRISTIE

**EDITORIAL
MOLINO**

SELECCIONES DE BIBLIOTECA ORO

Título original:
THE BODY IN THE LIBRARY
© Agatha Christie, 1941, 1942

Traducción:
GUILLERMO LÓPEZ HIPKISS

© **EDITORIAL MOLINO**
Calabria, 166 - 08015 Barcelona

Depósito legal: B. 17.502-1997
ISBN: 84-272-0052-8

Impreso en España   Printed in Spain

LIMPERGRAF, S. L. — Calle del Río, 17 nave 3 — Ripollet (Barcelona)

GUÍA DEL LECTOR

*Los principales personajes que intervienen
en esta obra, relacionados en un orden
alfabético convencional.*

BANTRY, Arthur: Coronel retirado, generoso patrocinador de los deportes de la policía y principal magistrado del distrito, a quien lo atrapan en una ca-
dena de circunstancias que casi lo inculpan.

BANTRY, Dolly: Señora de Gossington Hall y esposa
del coronel Bantry.

BARTLETT, George: Un joven, apuesto y asiduo con-
currente a las veladas del hotel Majestic.

BRIGGS: Jardinero mayor de Old Hall.

BLAKE, Basil: Joven rudo e impetuoso que, con su
estudiada insolencia, encubre un grave asunto.
Empleado de Estudios Lenville.

BLAKE, Selina: Madre de Basil y amiga de mistress Bantry.

CARMODY, Mike: Primer marido de Adelaide y padre de Peter.

CARMODY, Peter: Niño de nueve años de edad, hijo nacido del primer matrimonio de Adelaide Jefferson.

CLEMENT: Vicario del pueblo Saint Mary Mead, lugar del crimen.

CLEMENT, Griselda: Esposa del vicario.

CLITHERING, sir Henry: Ex comisario de policía e íntimo amigo de Conway Jefferson.

ECCLES: Cocinera de la familia Bantry.

EDWARDS: Antiguo y fiel criado de Jefferson.

GASKELL, Mark: Viudo de Rosamund Jefferson, hija que fue de Conway Jefferson.

HARPER: Superintendente de policía de la localidad donde está enclavado el hotel Majestic.

HAYDOCK: Médico forense.

HIGGINS: Sargento de policía.

JEFFERSON, Adelaide: Viuda joven y bella, nuera de Conway Jefferson.

JEFFERSON, Conway: Anciano inválido y delicado de salud, millonario y muy amante de los suyos.

KEENE, Ruby: Joven bailarina desaparecida cuya denuncia fue formulada por el hotel Majestic de Danemouth.

LEE, Dinah: Intima amiga de Basil Blake, que también tenía algo que esconder.

LORRIMER: Mayordomo muy adicto de los Bantry.

MARY: Doncella de mistress Bantry.

MARPLE, Jane: Anciana amiga de Dolly. Su extraordinaria capacidad para las analogías la han capacitado para resolver los crímenes más misteriosos.

MCLEAN, Hugo: Antiguo amigo y adorador de Adelaide.

MELCHETT: Coronel jefe de la policía del condado.

METCALF: Médico de Jefferson.

MUSWELL: Chófer de los Bantry.

PALK: Agente de policía.

PRESTCOTT: Gerente del hotel Majestic.

REEVES: Comandante del ejército y padre de Pamela.

REEVES, Pamela: Una jovencita miembro de las *Chicas guías* (organización femenina de exploradoras).

SLACK: Inspector de policía.

SMALL, Florence: Compañera y amiga íntima de Pamela.

STARR, Raymond: Profesor de tenis, bailarín, pareja de Ruby.

TURNER, Josephine: Mujer eficiente, alma del hotel Majestic y artista de variedades.

WEST, Raymond: Un buen escritor, sobrino de miss Marple.

Capítulo primero

Mistress Bantry estaba soñando.

Sus guisantes de fragante olor acababan de recibir el primer premio en los Juegos Florales. El vicario, con casaca y sobrepelliz, estaba repartiendo los premios en la iglesia. Pasó su esposa en traje de baño, pero según es bendita costumbre en los sueños, este hecho no provocó muestra alguna de desaprobación por parte de los feligreses, como hubiera sucedido, sin duda, de haber ocurrido semejante cosa en la vida real.

El sueño era manantial de perpetuo deleite para mistress Bantry. Solían hacerla disfrutar siempre los sueños matinales, a los que la llegada del servicio ritual del té ponía fin. Subconscientemente, se daba cuenta de que habían empezado a oírse los primeros ruidos matutinos de la casa: el tintineo de las anillas al descorrer las cortinas la doncella; el sonido de la escoba; y el aspirador de la segunda doncella en el pasillo. En la distancia, chirrió el grueso cerrojo de la puerta de la calle al ser descorrido.

Empezaba otro día. Entretanto, era preciso que extrajera el mayor deleite posible de los Juegos Florales, porque ya se iba haciendo patente que se trataba de un simple sueño.

Llegaba de abajo el ruido producido por las grandes persianas de madera de la sala al ser abiertas. Lo oía y, sin embargo, no lo oía. Durante media hora más continuaría percibiendo los ruidos de la casa, discretos, amortiguados. Eran tan familiares que ya no turbaban su sueño. Culminarían en el rumor de pasos rápidos pero comedidos por el corredor, el roce de un vestido estampado, el tintineo de la taza y el plato al ser depositada la bandeja del desayuno sobre la mesa de fuera; luego el suave golpe en la puerta y la entrada de Mary para descorrer las cortinas.

En sus sueños, mistress Bantry frunció el entrecejo. Algo fuera de lo habitual penetró en sus sueños, algo a destiempo. Pasos por el pasillo, pasos que iban demasiado aprisa y acudían demasiado pronto. Aguzó el oído, intentando captar, en su subconsciente, el tintineo de la porcelana china.

Llamaron a la puerta. Automáticamente, desde las profundidades de su sueño, mistress Bantry ordenó: «¡Adelante!» La puerta se abrió; ahora oiría resbalar las anillas al ser descorridas las cortinas.

Pero las anillas no resbalaron. De la verdosa penumbra surgió la voz de Mary, sin aliento, histérica:

—¡Oh, señora...! ¡Oh señora...! ¡Hay un cadáver en la biblioteca!

Luego, estallando en histéricos sollozos, salió corriendo de la alcoba.

Mistress Bantry se incorporó en la cama. O su sueño se había desviado por derroteros inesperados, o Mary había irrumpido, en efecto, en el cuarto y había exclamado que había un cadáver en la biblioteca.

«¡Increíble! ¡Fantástico! ¡Imposible...! —se dijo mistress Bantry—. Lo debo haber soñado».

Pero aún estaba rememorando estas palabras cuando adquirió el simultáneo convencimiento de que no lo había soñado, de que Mary, su Mary perfecta, siempre tan dueña de sí misma, había pronunciado verdaderamente aquellas fantásticas palabras.

Mistress Bantry reflexionó un momento y luego dio un conyugal codazo a su durmiente esposo.

—Arthur, Arthur, despierta.

El coronel Bantry gruñó, murmuró y se dio la vuelta hacia el otro lado.

—Despierta, Arthur. ¿Has oído lo que ha dicho Mary?

—Es muy probable —dijo con voz gangosa el coronel—. Estoy completamente de acuerdo contigo, Dolly.

Y volvió a quedarse dormido.

Mistress Bantry lo sacudió.

—Tienes que escucharme. Mary ha entrado para decirnos que hay un cadáver en la biblioteca.

—¿Eh... que hay...?

—Un cadáver en la biblioteca.

—¿Quién lo ha dicho?

—Mary.

El coronel Bantry hizo un esfuerzo por concentrar

sus dispersas facultades y procedió a hacer frente a la situación.

—¡No digas tonterías! —exclamó—. Has estado soñando.

—No. También yo lo creía al principio. Pero es verdad, entró y lo dijo.

—¿Que entró Mary y dijo que había un cadáver en la biblioteca?

—Sí.

—Pero eso no es posible.

—No... no, supongo que no —dijo mistress Bantry, dudando—. Pero, entonces... ¿por qué dijo Mary que lo había? ¿Por qué?

—No puede haberlo dicho.

—Lo dijo.

—Lo habrás imaginado.

—No.

El coronel Bantry estaba ya completamente despierto y preparado para resolver la situación.

—Has estado soñando, Dolly, eso es lo que te pasa. Es esa novela policíaca que has estado leyendo: *The Clue of the Broken Match**. ¿Recuerdas? Lord Edgsbaston encuentra a una hermosa reina muerta sobre la alfombra de la biblioteca. En las novelas, siempre aparecen los cadáveres en la biblioteca. Jamás he conocido un caso semejante en la vida real.

—Tal vez conozcas uno ahora. Sea como fuere, Arthur, tienes que levantarte e ir a ver qué pasa.

—Pero, en serio, Dolly: tiene que haber sido un sue-

---

* «La pista de la cerilla rota». *(N. del T.)*

ño. Los sueños se recuerdan frecuentemente con vive-
za al despertarse. Uno tiene el convencimiento de que
son verdad.

—Estaba soñando algo completamente distinto...
algo de los Juegos Florales, y la mujer del vicario en
traje de baño.

Con un arranque de energía, mistress Bantry saltó
de la cama y descorrió las cortinas. La luz de un hermoso día de otoño inundó el cuarto.

—No lo entiendo —dijo mistress Bantry con firmeza—. Levántate inmediatamente, Arthur, baja la escalera y resuélvelo.

—¿Quieres que baje la escalera y pregunte si hay un
cadáver en la biblioteca? Voy a hacer el más espantoso de los ridículos.

—No es preciso que preguntes nada. Si hay un cadáver... Pero, claro está, existe la posibilidad de que
Mary se haya vuelto loca y vea cosas que no existen...
Bueno, ya te lo dirá alguien inmediatamente. Tú no
tendrás que decir una palabra.

Gruñendo, el coronel Bantry se envolvió en su batín
y salió del cuarto. Recorrió el pasillo y bajó la escalera. Al pie de ésta había un corrillo de criados, algunos
de ellos sollozando. El mayordomo se adelantó.

—Me alegro de que haya usted bajado, señor —dijo
ceremoniosamente—. He dado órdenes de que nadie
hiciera nada hasta que usted llegara. ¿Debo telefonear
a la policía, señor?

—¿Telefonear a la policía? ¿Para qué?

El mayordomo dirigió una mirada de reproche, por
encima del hombro, a la joven alta que lloraba histé-

ricamente, apoyada en el robusto hombro de la cocinera...

—Tenía entendido, señor, que Mary le había informado ya. Dijo que lo había hecho.

—Estaba tan aturdida que no sé lo que dije —exclamó Mary—. Lo recordé todo de pronto otra vez. Se
me doblaron las piernas y se me revolvió el estómago.
Encontrarlo así... ¡Oh! ¡Oh! ¡Oh!

Volvió a apoyarse en mistress Eccles, la cocinera.

—Vamos, vamos, querida —le dijo ésta.

—Mary está un poco trastornada, señor —explicó el
mayordomo—, cosa muy natural, puesto que fue ella
quien hizo el descubrimiento. Entró en la biblioteca
como de costumbre a descorrer las cortinas y... y casi
tropezó con el cadáver.

—¿Pretende usted decirme que hay un cadáver en
la biblioteca... en mi biblioteca? —insistió el coronel
Bantry.

El mayordomo tosió.

—Tal vez el señor prefiera comprobarlo por sí mismo.

—Comisaría al habla. ¿Diga, diga...? Sí. ¿Quién llama?

El agente Palk se estaba abrochando la guerrera
con una mano mientras sujetaba el auricular con la
otra.

—Sí, sí. Gossington Hall. ¿Diga...? Oh, buenos días,
señor.

El tono del agente Palk sufrió una leve modificación. Dejó de ser un impaciente oficial al reconocer al generoso patrocinador de los equipos deportivos de la policía y principal magistrado del distrito.

—Diga, señor. ¿En qué puedo servirle, señor...? Perdone, señor, no le he oído bien... ¿Un cadáver dice usted...? ¿Sí...? Si me hace el favor, sí, señor... Eso es, sí, señor... ¿Una joven desconocida dice...? Bien. Sí, señor. Puede dejarlo todo de mi cuenta.

El agente Palk colgó el auricular, emitió un prolongado silbido de sorpresa y se puso a marcar el número de su superior en el orden jerárquico.

Mistress Palk asomó la cabeza por la puerta de la cocina, de la cuál salía un apetitoso olor a tocino frito.

—¿Qué ocurre?

—La cosa más rara que hayas oído en tu vida —replicó su marido—. Han encontrado el cadáver de una joven en Gossington Hall. En la biblioteca del coronel.

—¿Asesinada?

—Estrangulada, según él.

—¿Quién era?

—Dice el coronel que no la conoce de nada.

—Entonces, ¿qué estaba haciendo esa joven en la biblioteca de su casa?

El agente Palk le impuso silencio a su esposa con una mirada de reproche y habló, con tono oficial, por teléfono.

—¿Inspector Slack? Agente Palk al aparato. Acaba de llegar el aviso de que esta mañana, a las siete y quince, ha sido descubierto el cadáver de una joven...

El teléfono sonó cuando miss Marple se estaba vistiendo. El sonido la turbó un poco. No era una hora habitual en que acostumbrara a sonar el teléfono. Para una solterona tan ordenada, las llamadas telefónicas imprevistas eran un manantial de infinitas conjeturas.

«¡Dios mío! —se dijo miss Marple, contemplando perpleja el estridente artilugio—. ¿Quién podrá ser a esta hora?»

En el pueblo, la hora oficial para hacer llamadas entre vecinos era de nueve a nueve y media. A esa hora solían concretarse los planes para el día y cursarse las invitaciones. Podía llamar el carnicero unos segundos antes de las nueve si había surgido una crisis en el comercio de la carne. Durante el día podían darse llamadas espaciadas a intervalos, aun cuando se consideraba falta de modales telefonear después de las nueve y media de la noche.

Cierto era que el sobrino de miss Marple, Raymond West, un escritor y, por consiguiente, propenso a las irregularidades, había telefoneado en ocasiones a las horas más singulares, llegando incluso a hacerlo una vez diez minutos antes de medianoche. Pero fueran cuales fueran las excentricidades del sobrino, el madrugar no figuraba entre ellas. Ni él ni ninguna de las personas conocidas de miss Marple era fácil que llamaran antes de las ocho de la mañana. Eran las ocho menos cuarto.

Demasiado temprano incluso para un telegrama, puesto que la estafeta no abría hasta las ocho.

«Deben haberse equivocado de numero», decidió miss Marple.

Habiendo llegado a tal decisión, se acercó al impaciente artilugio y acalló su clamor descolgando el auricular.

—Diga —inquirió.

—¿Eres tú, Jane?

Miss Marple quedó sorprendida.

—Sí, soy Jane. Has madrugado mucho, Dolly.

La voz de mistress Bantry llegó a través del auricular agitada y casi sin aliento.

—Ha ocurrido una cosa terrible.

—¡Oh, querida...!

—Acabamos de encontrar un cadáver en la biblioteca.

Durante un instante miss Marple creyó que su amiga se había vuelto loca.

—¿Que habéis encontrado, qué?

—Ya sé. Una no puede creerlo, ¿verdad? Quiero decir... Yo creía que esas cosas sólo pasaban en las novelas. Tuve que insistir a Arthur horas y horas esta mañana antes de que se decidiera a bajar a ver.

Miss Marple intentó serenarse.

—Pero —preguntó, casi sin aliento—, ¿de quién es el cadáver?

—De una rubia.

—¿Una qué?

—Una rubia. Una hermosa rubia... como en los libros también. Ninguno de nosotros la había visto antes de ahora. Está ahí tendida, en la biblioteca, muerta. Por eso tienes que venir inmediatamente.

—¿Quieres que venga?

—Sí. Mando el coche inmediatamente.

—Claro, querida —dijo miss Marple dudando—, si tú crees que puedo servirte de consuelo...

—Oh, no necesito tu consuelo, pero ¡eres tan hábil con los cadáveres...!

—Oh, no. Mis pequeños éxitos han sido teóricos más bien.

—Pero tienes una gran habilidad para desentrañar asesinatos. Ha sido asesinada, ¿comprendes? Estrangulada. Lo que yo digo es que, si he de aguantar que se cometa un asesinato en mi propia casa, lo menos que puedo hacer es sacarle todo el partido posible. ¿Comprendes lo que quiero decir...? Por eso quiero que vengas a ayudarme a descubrir quién es el culpable y a resolver el misterio de todo esto. ¡Es tan emocionante, no crees?

—Bueno, querida, si puedo ayudarte, claro que iré.

—¡Magnífico! Arthur se está mostrando un poco insoportable. Parece creer que no debo divertirme con el asunto. Ya sé que es una cosa muy triste y todo eso, claro. Pero, después de todo, yo no conozco a la muchacha... y, cuando la hayas visto, comprenderás lo que quiero decir cuando aseguro que no parece real, ni mucho menos.

Miss Marple se apeó del coche de los Bantry, cuya portezuela le abrió el conductor.

El coronel Bantry salió de su casa y se mostró sorprendido.

—¿Miss Marple...? Ah... Encantado de verla.

—Su esposa me telefoneó.

—Excelente, excelente. Necesita alguien a su lado. De lo contrario sufrirá algún trastorno nervioso. Hace de tripas corazón, pero ya sabe usted lo que ocurre...

En aquel instante apareció mistress Bantry.

—Haz el favor de entrar a desayunar, Arthur —dijo—. El *bacon* se enfría.

—Creí que era el inspector el que llegaba —explicó el coronel.

—No tardará en llegar. Por eso es importante que desayunes primero. Lo necesitas.

—Y tú también. Más vale que vengas a tomar algo, Dolly.

—Iré en seguida. Mientras, ve tú, Arthur.

El coronel Bantry se arrastró hacia el comedor como una gallina recalcitrante.

—¡Ahora! —dijo mistress Bantry con entonación triunfal—. ¡Venga!

Condujo a su amiga rápidamente por el comedor hacia el lado oriental de la casa. A la puerta de la biblioteca estaba el agente Palk montando guardia. Interceptó a mistress Bantry con cierto aire de autoridad.

—Nadie pueda entrar, señora. Ordenes del inspector.

—No diga tonterías, Palk. Conoce a miss Marple de sobras.

El agente admitió que la conocía.

—Es muy importante que ella vea el cadáver —dijo mistress Bantry—. No sea estúpido, Palk. Después de todo la biblioteca es mía, ¿no?

El agente Palk cedió. La costumbre de ceder ante la

alta burguesía databa de toda su vida. El inspector, se dijo, no tenía por qué saberlo.

—No se debe tocar ni mover nada de su sitio —les advirtió a las señoras.

—Claro que no —dijo mistress Bantry con impaciencia—. Eso lo sabemos. Puede entrar y vigilarnos si quiere.

El agente aprovechó la autorización. De todas formas, ya había tenido la idea de hacerlo.

Mistress Bantry cruzó triunfalmente la biblioteca con su amiga hasta la anticuada chimenea.

—¡Ahí tienes! —dijo con un dramático sentido del clímax.

Miss Marple comprendió entonces lo que había querido decir su amiga al asegurar que la muerta no era real. La biblioteca era una habitación acorde con el estilo ampuloso de los propietarios de la casa: grande, raída y desordenada. Había unos sillones grandes, de asientos hundidos y, sobre una mesa de grandes dimensiones, pipas, libros, y documentos. De las paredes colgaban dos o tres buenos retratos de familia, unas cuantas acuarelas ochocentistas, malas, y algunas escenas divertidas de caza. En un rincón había un tiesto con flores. La habitación era oscura, tranquila e indiferente. Proclamaba su intensa y frecuente ocupación, y cierto aroma de antigüedad compartido con la tradición secular.

Y sobre la vieja piel de oso, tendida ante la chimenea, yacía algo nuevo, crudo, espeluznante y melodramático.

La flamante figura de una muchacha. Una mucha-

cha de cabello normalmente rubio, peinado hacia
atrás en complicados bucles y rizos. El delgado cuerpo estaba enfundado en un vestido de noche gene-
rosamente escotado en su espalda, de raso blanco,
con lentejuelas. El rostro estaba muy maquilla-
do, destacándose los polvos en el azulado e hinchado
cutis; el rímel de las pestañas teñía las descompues-
tas mejillas; y el carmín daba a los labios un aspecto
de sangrante herida. Llevaba las uñas de las manos
esmaltadas de un color rojo sangre intenso, y también las de los pies, calzados con sandalias baratas
plateadas. Era una figura chillona, vulgar, un ele-
mento incongruente dentro de la sólida confortabi-
lidad del viejo estilo de la biblioteca del coronel
Bantry.

—¿Te das cuenta de lo que quiero decir?—dijo mistress Bantry en voz baja—. ¡No es real!

La anciana a su lado movió la cabeza en señal de
asentimiento. Miró larga y pensativamente el cadáver
que yacía en la biblioteca.

—Es muy joven —dijo por fin en voz dulce.

—Sí... sí... supongo que sí.

Mistress Bantry parecía algo sorprendida, como si
acabara de hacer un descubrimiento.

Miss Marple se inclinó sin tocar a la muchacha.

Observó los dedos, que se asían con fuerza a la parte delantera del vestido como si se hubiese llevado la
mano allí durante sus últimos momentos de lucha por
respirar.

Se oyó el ruido de un automóvil que se detenía fuera, sobre la grava del camino.

—Debe ser el inspector —indicó el agente Palk con urgencia.

Confirmando su innata creencia de que la cortesía nunca le deja a uno en mal lugar, mistress Bantry se dirigió inmediatamente a la puerta. Miss Marple la siguió.

—No se preocupe, Palk —dijo la primera.

El agente experimentó un gran alivio.

Después de engullir precipitadamente los últimos fragmentos de tostada y mermelada con ayuda de una taza de café, el coronel Bantry salió apresuradamente al vestíbulo y vio con alivio al coronel Melchett, jefe de la policía del condado, que se apeaba de un automóvil acompañado del inspector Slack. Melchett era amigo del coronel. Nunca le había sido muy simpático Slack, hombre enérgico que desmentía su propio apellido* y que añadía a su dinamismo una falta de consideración enorme para los sentimientos de cualquier persona a la que él no considerara importante.

—Buenos días, Bantry —dijo el coronel Melchett—. Pensé que sería mejor que viniera yo mismo. Parece un asunto extraordinario.

—Es... es... —El coronel Bantry hizo un esfuerzo por expresarse—... ¡es... increíble...! ¡Es... fantástico!

—¿Quién es la mujer?

—Ni la menor idea. En mi vida la había visto.

* *Slack*, significa flojo, perezoso, lento. *(N. del T.)*

—¿Sabe algo el mayordomo? —inquirió el inspector Slack.

—Lorrimer ha quedado tan desconcertado como yo.

—¡Ah! —murmuró el inspector—. Si fuera eso verdad...

—Si quieres desayunar, Melchett —sugirió el coronel Bantry—, en el comedor...

—No, no... más vale que nos apliquemos a nuestro trabajo. Haydock llegará de un momento a otro... Yo... ¡Ah, aquí está!

Llegó otro automóvil del que se apeó un hombre corpulento y de anchos hombros: el forense doctor Haydock. De un segundo coche policíaco se habían apeado dos agentes vestidos de paisano, uno de ellos con una máquina fotográfica.

—Todo a punto, ¿eh? —dijo Melchett—. Bien. Vayamos a la biblioteca, según me ha dicho Slack.

—¡Es increíble! —gimió el coronel Bantry—. ¿Sabes? Cuando mi mujer se empeñó esta mañana en que había entrado la doncella y me anunció que había un cadáver en la biblioteca, no quise creerlo.

—No, no... Eso lo comprendo perfectamente. Espero que esto no habrá turbado demasiado a tu esposa.

—Se ha portado maravillosamente... maravillosamente, de verdad. Está con ella la anciana miss Marple... la del pueblo, ¿sabes?

—¿Miss Marple? —El jefe se puso rígido—. ¿Por qué la has mandado llamar?

—¡Oh, una mujer necesita a otra mujer! ¿No te parece?

—Si quieres que te dé mi opinión —dijo el coronel Melchett con una leve sonrisa—, tu esposa quiere probar suerte como detective. Miss Marple es la investigadora de la localidad. Nos dejó tamañitos en cierta ocasión, ¿verdad, Slack?

—Eso fue distinto —repuso el inspector.

—¿Distinto a qué?

—Aquél fue un caso local. La anciana sabe todo lo que pasa en el pueblo, eso es cierto, pero aquí se encontrará fuera de su ambiente.

—Usted mismo no sabe aún gran cosa del asunto, Slack —dijo Melchett secamente.

—Ah, pero aguarde y verá, No necesitaré mucho tiempo para hincarle el diente.

En el comedor, mistress Bantry y miss Marple estaban desayunando.

Después de servir a su invitada, mistress Bantry insinuó con urgencia:

—¿Bien, Jane?

Ésta alzó la cabeza y la miró algo aturdida.

—¿No te recuerda nada? —inquirió mistress Bantry esperanzada.

Miss Marple había alcanzado fama gracias a su habilidad en relacionar sucesos triviales del pueblo con problemas más serios, de forma que los primeros derramaban luz sobre los últimos.

—No —respondió la interpelada, pensativa—. No puedo decir que me recuerde algo... no de momento. Me recuerda un poco, quizás, a la hija más joven de mistress Chetty... ya la conoces, me refiero a Edie... pero creo que eso fue porque esta pobre chica se mordía las uñas y porque le sobresalían un poco los dientes delanteros. Nada más que por eso. Y claro está —prosiguió miss Marple, llevando más allá el paralelismo—, a Edie le gustaba también lo que yo llamo lujo barato.

—¿Te refieres a su vestido? —inquirió mistress Bantry.

—Sí, un raso muy chillón... de baja calidad.

—Ya lo sé. De una de esas tiendecitas donde todo vale una guinea. —Y prosiguió esperanzada—: Por cierto... ¿qué fue de Edie?

—Acaba de empezar con su segundo empleo... y le va muy bien, según tengo entendido.

Mistress Bantry se sintió algo decepcionada. El paralelismo de ambos casos no parecía ofrecer grandes esperanzas.

—Lo que no comprendo —dijo— es qué podía haber estado haciendo en el estudio de Arthur. Palk dice que ha sido forzada la ventana. Pudo haber entrado aquí con un ladrón y luego haberse peleado los dos. Pero eso parece una tontería, ¿verdad?

—No iba vestida como para cometer un robo —advirtió pensativa la anciana.

—No. Iba vestida para bailar... o para asistir a alguna fiesta o reunión. Pero por aquí no hay nada de eso... ni en los alrededores.

—No... —contestó miss Marple, dudando.

—Tú me ocultas algo, Jane —la increpó mistress Bantry.

—La verdad, me estaba preguntando...

—¿Qué?

—Basil Blake.

—¡Oh, no! —exclamó impulsiva mistress Bantry, y agregó como explicación—: Conozco a su madre.

Las dos se miraron.

Miss Marple suspiró y sacudió la cabeza.

—Comprendo perfectamente tus sentimientos —exclamó.

—Selina Blake es la mujer más agradable que te puedas imaginar. Sus arriates son sencillamente maravillosos... me matan de envidia. Y es generosa con los esquejes de sus plantas. Me regala todos los que quiero para volverlos a plantar.

Miss Marple pasó por alto todas estas virtudes de mistress Blake.

—No obstante —dijo—, se ha hablado mucho, ¿sabes?

—Lo sé... lo sé. Y, claro está: Arthur se pone lívido cuando oye mencionar el nombre de Basil Blake. La verdad es que fue muy grosero con mi marido y, desde entonces, Arthur no quiere escuchar ni una sola palabra de él. Tiene esa forma de mirar estúpida y desdeñosa de los jóvenes de hoy en día... sé burla de la gente que defiende a su antiguo colegio, o a la patria, o cualquier cosa así. Y luego, claro, ¡la ropa que usa!

»La gente dice que no importa lo que uno lleve en el campo. En mi vida oí majadería mayor. Es precisamente en el campo donde todo el mundo se fija en lo que llevas.

Hizo una pausa.

—Era un bebé adorable en el baño —agregó entre nostálgica y ansiosa.

—El periódico publicó el domingo pasado una fotografía preciosa del asesino de Cheviot cuando era niño —dijo miss Marple.

—Oh, Jane, no creerás que él...

—Oh, no, querida. No quise decir eso, ni muchísimo menos. Eso sí que sería emitir juicios temerarios. Me limitaba a intentar justificar la presencia de la muchacha aquí. Saint Mary Mead es un sitio tan inverosímil... y Basil Blake es la única explicación pausible. Él sí que da fiestas y reuniones. Viene gente de Londres y de los estudios... ¿Te acuerdas del pasado julio? Griterío y canciones... un ruido ensordecedor. Todos medio borrachos... Y a la mañana siguiente, la suciedad y la cristalería rota eran verdaderamente increíbles... o así me lo contó mistress Berry por lo menos... ¡Y había una joven dormida en el baño, prácticamente desnuda...!

—Supongo que serían actores y actrices de cine —dijo con indulgencia mistress Bantry.

—Es muy probable. Y luego... supongo que lo oirías decir... durante varios fines de semana últimamente ha traído aquí consigo a una joven... una rubia platino.

—¿No creerás que es ésta? —exclamó mistress Bantry.

—La verdad... eso me preguntaba yo. Claro está, nunca la he visto de cerca... sólo subiendo y bajando del coche... y una vez en el jardín de la casa, cuando estaba tomando el sol sin más ropa que un pantalón corto y un sujetador. Jamás vi su cara en realidad. Y todas estas muchachas, con el maquillaje y el cabello teñido, y las uñas esmaltadas, ¡se parecen tanto unas a otras...!

—Sí, sin embargo, pudiera ser. Es una idea, Jane.

Capítulo II

Era una idea que, en aquellos instantes, estaban discutiendo el coronel Melchett y el coronel Bantry.

El jefe de la policía del condado, tras ver el cadáver y comprobar que sus subordinados empezaban a trabajar, se había retirado con el dueño de la casa al estudio situado en la otra ala del edificio.

El coronel Melchett era un hombre de aspecto irascible que tenía la costumbre de atusarse el bigote, corto y rojizo. Así lo hizo mientras dirigía, de soslayo, una mirada perpleja a su compañero.

—Escucha, Bantry —dijo finalmente—, tengo que quitarme esta duda de encima. ¿Es cierto que no tienes la menor idea de quién es la muchacha?

La contestación del otro fue explosiva, pero Melchett le interrumpió:

—Sí, sí, hombre, pero míralo desde otro punto de vista. El más engorroso para ti. Un hombre casado que quiere a su mujer y todo esto... Ahora, aquí, entre nosotros, de amigo a amigo... si tuviste relación alguna con esta muchacha, de la clase que fuera, más vale que lo digas ahora. Es muy natural querer ocultar la cosa...

»Me pasaría igual a mí. Pero no puede ser, se trata de un asesinato. La cosa saldría a relucir inevitablemente. ¡Qué rayos! Yo no sugiero que estrangularas tú a la chica... tú no harías una cosa así... eso ya lo sé. No obstante, y después de todo, ella vino aquí... a esta casa. Digamos que forzó la entrada y que aguardaba para verte, y que un tipo u otro la siguió y la mató. Es posible. ¡Sí, sí! ¿Comprendes lo que quiero decir?

—¡Maldita sea, Melchett! Te digo que no he visto a esa chica en mi vida. No soy de esa clase de hombres.

—Entonces, no hay más que hablar. Sólo que no te hubiese criticado yo por eso, ¿sabes...? Soy hombre de mundo. Sin embargo, si tú lo dices... Ahora bien: ¿qué hacía esa chica aquí? No es de esta comarca... eso seguro.

—El asunto entero es una pesadilla —rabió el dueño de la casa.

—Lo interesante, muchacho, es esto: ¿qué estaba haciendo ella en tu biblioteca?

—¿Cómo quieres que lo sepa yo? Yo no la invité a entrar.

—No, no. No obstante lo cual, vino. Parece como si hubiera querido verte. ¿No has recibido ninguna carta rara ni nada así?

—No.

—¿Qué hiciste anoche? —prosiguió Melchett con suma delicadeza.

—Asistí a la reunión de la Asociación Conservadora. A las nueve. En Much Benham.

—¿Y cuándo regresaste a casa...?

—Salí de Much Benham poco después de las diez... Tuve una avería por el camino, me vi obligado a cambiar una rueda. Llegué a casa a las doce menos cuarto.

—¿No entraste en la biblioteca?

—No.

—¡Lástima!

—Estaba cansado. Me fui derecho a la cama.

—¿Te aguardaba alguien levantado?

—No. Siempre me llevo la llave. Lorrimer se acuesta a las once, a menos que le ordene lo contrario.

—¿Quién cierra la biblioteca?

—Él. Generalmente a las siete y media en esta época del año.

—¿Volvería a entrar durante la velada?

—No, estando yo ausente. Dejó la bandeja con el whisky y los vasos en el vestíbulo.

—Ya. ¿Y tu mujer?

—No lo sé. Estaba en la cama y profundamente dormida cuando llegué yo a casa. Puede haber estado sentada en la biblioteca anoche, o en la sala. No se lo pregunté.

—Bueno, no tardaremos en conocer todos los detalles. Claro, también es posible que alguien de la servidumbre esté complicado.

—No lo creo. Todos ellos son personas decentes. Hace años que están a nuestro servicio.

Melchett asintió.

—En efecto, no parece probable que esté ninguno de ellos implicado en el asunto. Más parece como si la muchacha hubiese venido de la ciudad... quizá con algún joven. Aunque, ¿por qué habían de querer forzar la entrada de esta casa...?

Bantry le interrumpió,

—Londres es lo más probable. No estamos de celebraciones por aquí. A menos que...

—¿Y bien?

—¡Voto a tal! —estalló el coronel Bantry—. ¡Basil Blake!

—¿Quién es ése?

—Un joven que tiene algo que ver con la industria cinematográfica. Un bicho venenoso. Mi mujer lo defiende porque fue al colegio con su madre. ¡Pero es imbécil, inútil y pedante...! ¡Merece que le den un puntapié en el trasero! Ha alquilado la casita de Lansham Road. Ya la conoces. Un edificio horrible, moderno. Da fiestas allí... gente ruidosa, chillona... Y trae muchachas a pasar el fin de semana.

—¿Muchachas?

—Sí, vi una la semana pasada... una de esas rubias platino...

El coronel se interrumpió, quedándose boquiabierto.

—Una rubia platino, ¿eh? —murmuró Melchett, pensativo.

—Sí. ¿Crees tú que...?

—Es una posibilidad —dijo Melchett vivamente—. Explica que una muchacha de ese tipo se encuentre en Saint Mary Mead. Me parece que iré a entrevistarme con ese joven... Braid... Blake... ¿Cómo dijiste que se llamaba?

—Blake. Basil Blake.

—¿Sabes tú si estará en casa?

—Deja que piense. ¿Qué es hoy...? ¿Sábado? Suele llegar aquí los sábados por la mañana.

—Vamos a ver si le encontramos —dijo Melchett con aspereza.

La casa de Basil Blake, contenía todas las comodidades modernas encerradas en un horrible cascarón con entramado de madera, imitación estilo Tudor. En correos y su constructor, William Booker, la conocían con el nombre de *Chatsworth*. Basil y sus amigos, por el *The Period Piece*. Y el pueblo de Saint Mary Mead en general la llamaba «casa nueva de mister Booker».

Se hallaba a poco más de un cuarto de milla del pueblo propiamente dicho, encontrándose en un nuevo terreno urbanizado adquirido por el emprendedor mister Booker, un poco más allá de la hostería del Blue Boar*, que daba a lo que había sido hasta entonces un camino rural agreste. Gossington Hall estaba una milla más adelante en el mismo camino.

Se había despertado gran interés en Saint Mary Mead al correr la noticia de que la casa nueva de mister Booker había sido adquirida por una estrella cinematográfica. Se montó luego guardia para presenciar la primera aparición del legendario ser en el pueblo y puede decirse que, en cuanto a las apariencias se refiere, Basil Blake era todo lo que podía decirse. Poco a

* «Jabalí azul». *(N. del T.)*

poco, sin embargo, la verdad fue conociéndose. Basil Blake no era una estrella cinematográfica, ni siquiera un actor. Era un personaje muy joven que gozaba del privilegio de figurar en el decimoquinto lugar en la lista de los responsables de los decorados de los Estudios Lenville, el cuartel general de *British New Era Films*. Las doncellas del pueblo perdieron interés y las chismosas solteras desaprobaron ruidosamente el género de vida que llevaba Basil Blake. Sólo el hostelero del Blue Boar continuaba mostrándose entusiasta de Basil y de sus amigos. Los ingresos de la hostería habían aumentado desde la llegada del joven al lugar.

El coche de la policía se detuvo ante la retorcida portezuela rústica de la casa nueva de mister Booker. El coronel Melchett, con una mirada de disgusto hacia el exceso de maderamen de Chatsworth, se dirigió a la puerta principal y le dio a la aldaba con gran brío.

Se abrió mucho más aprisa de lo que él había esperado. Apareció en el umbral un joven de cabello liso, negro, algo largo, que llevaba pantalón de pana anaranjada y camisa azul.

—¿Qué desea usted? —preguntó con aspereza.

—¿Es usted mister Blake?

—Creo que sí.

—Quisiera hablar unos momentos con usted, si no tiene inconveniente.

—¿Quién es usted?

—El coronel Melchett, jefe de la policía del condado.

—¿De veras? ¡Qué divertido! —respondió Blake con insolencia.

El coronel Melchett comprendió la reacción del coronel Bantry. También a él le daban ganas de descargarle un puntapié. Pero se contuvo.

—Es usted madrugador, mister Blake —le dijo en tono amable al entrar en la casa.

—No lo crea. Es que no me he acostado todavía.

—¡Ah!

—Pero supongo que no habrá venido usted aquí a enterarse de mis horas de dormir... ¿O sí ha venido a eso? Siendo así, está usted derrochando tiempo y dinero del erario. ¿De qué quiere usted hablarme?

—Tengo entendido, Blake, que el último fin de semana tuvo usted una visita... una... una... joven de cabello rubio claro —dijo el coronel Melchett.

Basil Blake le miró fijamente, echó hacia atrás la cabeza y rompió a reír a carcajadas.

—¿Han ido a quejarse las comadres del pueblo? ¿Han ido a hablarles acerca de mi moralidad? ¡Qué rayos, la moralidad no es cuestión policíaca! Eso lo sabe usted.

—Como dice, su moralidad no es cuenta mía —afirmó Melchett severamente—. He venido a verlo porque una joven de cabello claro y de aspecto ligeramente exótico ha sido... asesinada.

—¡Cuernos! —Blake se le quedó mirando con sorpresa—. ¿Dónde?

—En la biblioteca de Gossington Hall.

—¿En Gossington? ¿En casa del viejo Bantry? ¡Ésa

sí que es buena! ¡Vaya, vaya con el viejo Bantry! ¡Ese viejo sucio!

Al coronel Melchett se le congestionó el semblante.

—Tenga la amabilidad de poner el freno a su lengua —dijo incisivamente, a causa de la hilaridad renovada del joven—. Vine a preguntarle si puede aportar algo sobre este asunto.

—¿Ha venido usted a preguntarme si se me ha extraviado una rubia? ¿No es eso? ¿Por qué había yo de...? ¡Hola, hola, hola! ¿Qué es esto?

Se había detenido un coche a la puerta con gran chirrido de frenos. De él, saltó a tierra una joven con pijama blanco y negro. Tenía los labios pintados muy rojos, las pestañas ennegrecidas y el cabello platinado. Se acercó dando grandes zancadas y abrió violentamente la puerta.

—¿Por qué me diste esquinazo, bestia? —exclamó iracunda.

Blake se había puesto en pie.

—¡Conque ahí estás! ¿Por qué no había de dejarte? Te dije que te largaras y no quisiste.

—¿Por qué diablos había de irme? ¿Porque tú me lo dijiste? Me estaba divirtiendo.

—Sí... con ese guarro de Rosenberg. Ya sabes cómo es él...

—Estás celoso. Eso es lo que te pasa.

—No presumas. No me gusta ver a una muchacha a quien aprecio dejarse dominar por la bebida y permitir que la sobe un sinvergüenza.

—Eso es una mentira. También estabas tú bebiendo más de la cuenta y poniéndote las botas con esa morena.

—Si yo te llevo a una fiesta, es con la condición de que sepas comportarte como es debido.

—Y yo me niego a consentir que me den órdenes, para que te enteres. Dijiste que iríamos a la fiesta y que vendríamos aquí después. No pienso dejar una fiesta hasta que me dé la real gana de hacerlo.

—No, y por eso me fui de tu piso. Estaba ya dispuesto a venir aquí, y vine. No tengo por costumbre perder el tiempo esperando a ninguna mujer estúpida.

—¡Qué dulce y qué cortés eres!

—¿Acaso me has seguido hasta aquí?

—¡Quería decirte lo que pensaba de ti!

—Si crees poder dominarme, hija mía, estás en un error.

—Y si tú crees que puedes gobernarme a tu antojo, te has equivocado.

Se miraron, retadores. Éste fue el instante en que el coronel Melchett aprovechó la oportunidad. Carraspeó ruidosamente...

Basil Blake se volvió rápidamente hacia él.

—Hola, me había olvidado de que estaba usted aquí. Ya va siendo hora de que se vaya con viento fresco, ¿no? Permítame que le presente... Dinah Lee... el coronel Melchett, de la policía del condado. Y ahora que ha visto usted que mi rubia está vivita y coleando, coronel, quizá se decida a proseguir su trabajo relacionado con la prójima de Bantry. ¡Muy buenos días!

El coronel estaba furioso y muy acalorado.

—Le sugiero, joven —dijo—, que sea más cortés si no quiere encontrarse con dificultades.

Y salió de la casa.

Capítulo III

En su despacho de Much Benham, el coronel Melchett recibió y examinó los informes de sus subordinados.

—... y todo parece bastante claro, jefe —estaba terminando de decir el inspector Slack—. Mistress Bantry se sentó en la biblioteca después de cenar y se acostó poco antes de las diez. Apagó las luces al salir de la habitación y, al parecer, nadie entró allí después. La servidumbre se acostó a las diez y media, y Lorrimer, después de dejar la bandeja con las bebidas en el vestíbulo, se fue a la cama a las once menos cuarto. Nadie oyó nada anormal, salvo la doncella tercera, y ésta oyó demasiado.

»Gemidos, un pito espantoso, pasos siniestros y Dios sabe qué más. La doncella segunda, que comparte con ella una alcoba, dice que su compañera durmió toda la noche de un tirón, sin soltar un respingo siquiera. Son las que inventan cosas así, las que nos dan tanto quehacer.

—¿Y la ventana forzada?

—Es un trabajo de aficionado, según dice Simmons, hecho con un formón corriente. No haría mucho ruido. Debe haber un formón en la casa, pero nadie ha conseguido encontrarlo. Sin embargo, eso ocurre con mucha frecuencia cuando se trata de herramientas.

—¿Cree usted que alguien de la servidumbre se enteró?

—No, señor —replicó de bastante mala gana el inspector—. No creo que sepan nada. Todos parecían aturdidos y disgustados. Lorrimer me inspiró cierta desconfianza, se mostró reticente, si comprende usted lo que quiero decir... pero no creo que nadie esté involucrado.

Melchett movió afirmativamente la cabeza. Él no daba importancia a la reticencia de Lorrimer. El enérgico inspector Slack producía con frecuencia ese efecto en las personas a quienes interrogaba.

Se abrió la puerta y entró el forense doctor Haydock.

—Se me ocurrió asomarme aquí y darle una estimación previa de mis conclusiones.

—Sí, sí, me alegro de verlo. ¿Qué cuenta?

—No gran cosa. Lo que era de suponer. La muerte se produjo por estrangulación. Le ciñeron al cuello el cinturón de seda de su propio vestido y lo cruzaron por detrás.

—Muy fácil y muy sencillo de hacer. No haría falta mucha fuerza... es decir, si pillaron a la chica por sorpresa. No hay señales de lucha.

—¿Y la hora de la muerte?

—Entre las diez y medianoche.

—¿No puede precisar más?

Haydock sacudió negativamente la cabeza y sonrió.

—No quiero poner en peligro mi fama profesional. No más temprano de las diez ni más tarde de las doce.

—¿Y hacia qué hora se inclina su perspicacia?

—Escuche. Había fuego en la chimenea. La habitación estaba caliente. Todo eso contribuyó a retrasar el *rigor mortis* del cadáver.

—¿Puede usted decir algo más, doctor?

—Poco más. Era una muchacha joven, diecisiete o dieciocho años en mi opinión. No había alcanzado la madurez en ciertos aspectos, pero tenía la musculatura bien desarrollada. Un cuerpo bastante sano. Y a propósito, era *virgo intacta*.

Y saludando con una inclinación de cabeza, el forense salió del despacho.

Melchett se quedó pensativo.

—¿Está usted seguro de que no se la ha visto jamás en Gossington antes? —le dijo al inspector.

—La servidumbre parece estar muy convencida. Hasta se indignaron. De haberla visto alguna vez por los alrededores, dicen que se acordarían de ella.

—Supongo que sí. Una mujer de este tipo se distinguiría a una milla de distancia. Fíjese en la joven esa de Blake.

—¡Lástima que no haya sido ella! —dijo Slack—. Hubiéramos podido adelantar algo.

—Se me antoja que esa muchacha tiene que haber venido de Londres —dijo Melchett pensativo—. No creo que encontremos indicios de ella en la localidad. Y, siendo así, supongo que haríamos bien en solicitar la ayuda de Scotland Yard. Es un caso para ellos, no para nosotros.

—Algo tiene que haberla traído aquí, sin embargo —dijo Slack. Y agregó—: Yo creo que el coronel y mistress Bantry tienen que saber algo... Sé que son amigos suyos, jefe...

El coronel le dirigió una mirada fría.

—Puede usted tener la seguridad de que estoy tomando en cuenta todas las posibilidades —dijo con dureza—. Todas las posibilidades... ¿Supongo que habrá usted repasado la lista de personas denunciadas como desaparecidas?

Slack movió afirmativamente la cabeza. Sacó una hoja de papel escrito a máquina.

—Las tengo aquí. Mistress Saunders, cuya desaparición se denunció hace una semana; morena de ojos azules, treinta y seis años. No es ésa... y sea como fuere, todo el mundo sabe, menos su marido, que se ha largado con un viajante de Leeds. Mistress Marnard... ésta tiene sesenta y cinco años. Pamela Reeves, dieciséis, desapareció de su casa anoche. Había ido a una reunión de las *Chicas Guías*. Cabello castaño oscuro en trenza, cinco pies, cinco pulgadas de estatura...

—Hágame el favor de no leer detalles idiotas, Slack. Ésta no era una colegiala. En mi opinión... —dijo Melchett con irritación.

Lo interrumpió el timbre del teléfono. Lo descolgó.

—¿Diga...? Sí... sí... Jefatura de Policía de Much Benham... ¿Cómo? Un momento...

Escuchó y anotó algo rápidamente mientras lo deletreaba.

—Ruby Keene, dieciocho años, bailarina profesional, cinco pies cuatro pulgadas, esbelta, rubia platino, ojos azules, nariz respingona, se cree que lleva traje de noche blanco diamante y sandalias plateadas. ¿No es eso? ¿Cómo...? No, no cabe la menor duda, creo yo. Mandaré a Slack inmediatamente.

Colgó el auricular y miró a su subordinado con decreciente excitación.

—Creo que hemos dado con ello: Llamaba la policía de Glenshire (Glenshire era el condado vecino). Muchacha denunciada como desaparecida del hotel Majestic, en Danemouth.

—Danemouth —dijo el inspector Slack—. Eso ya es otra cosa.

Danemouth era un balneario de moda, situado en la costa, no muy lejos de allí.

—Sólo está a cosa de dieciocho millas de aquí —dijo Melchett—. La muchacha bailaba o no sé qué en el Majestic. No compareció a presentar su número anoche y la gerencia echaba chispas. Cuando siguió sin aparecer esta mañana, otra de las muchachas se alarmó, o tal vez fuera otra persona. No parece muy claro. Más vale que vaya usted a Danemouth inmediatamente, Slack. Preséntese al superintendente Harper y coopere con él.

Capítulo IV

Siempre era del gusto del inspector Slack la actividad. Salir a toda marcha en automóvil, imponer silencio groseramente a las personas que ardían en deseos de contarle algo, cortar en seco conversaciones bajo pretexto de urgente necesidad... todo eso era la sal de la vida para Slack.

En un tiempo increíblemente corto, por consiguiente, había logrado entrevistarse con un gerente del hotel, aturdido y aprensivo, y dejándole luego con el dudoso consuelo de «hay que asegurarse primero de que es, en efecto, la muchacha de que se trata antes de que el viento esparza la noticia». Ahora se hallaba camino de Much Benham de nuevo acompañado de la más próxima pariente de Ruby.

Había conferenciado ya brevemente con Much Benham por teléfono antes de salir de Danemouth, de suerte que el jefe de policía estaba preparado para su llegada, aunque tal vez no para la breve presentación que hizo.

—Ésta es Josie, jefe.

El coronel Melchett miró fríamente a su subordinado. Tenía la sensación de que Slack había perdido el juicio.

La joven que acababa de saltar del coche acudió en su ayuda.

—Ése es mi nombre profesional —explicó con un fugaz destello de dientes fuertes, blancos y hermosos—. Mi compañero y yo usamos los nombres de Raymond y Josie, respectivamente. Y, claro está, todo el hotel me conoce como Josie. Mi verdadero nombre es Josephine Turner.

El coronel Melchett se adaptó en seguida a la situación e invitó a miss Turner a que se sentara, echándole entretanto una rápida mirada profesional.

Era una joven bien parecida, más cerca de los treinta que de los veinte años quizá, y su belleza dependía más del hábil maquillaje que de sus facciones en sí. Parecía competente y de gran sentido común.

No era del tipo que pudiera calificarse jamás de hechicera, a pesar de poseer abundantes atractivos.

Estaba maquillada muy discretamente y llevaba un traje oscuro de chaqueta. Aunque parecía disgustada y llena de ansiedad, el coronel no creyó que experimentara gran dolor.

—Parece demasiado horrible para ser verdad —admitió—. ¿Cree usted que se trata de Ruby, en efecto?

—Me temo que eso es precisamente lo que tenemos que pedirle a usted que nos diga, y temo que le resulte un poco desagradable.

—¿Tiene... tiene... un aspecto muy horrible? —preguntó aprensiva miss Turner.

—La verdad... temo que la emocione un poco.

Le ofreció su pitillera y ella aceptó un cigarrillo, agradecida.

—¿Quiere... quiere que la identifique inmediatamente?

—Creo que sería lo mejor, miss Turner. Como comprenderá, de nada sirve el hacerle a usted preguntas mientras no tengamos la certeza de su identidad. Más vale pasar el mal rato de una vez, ¿no le parece?

—Bueno.

Tomaron el coche hasta el depósito.

Cuando Josie salió tras la breve visita, parecía bastante mareada.

—Es Ruby, en efecto —dijo con voz trémula—. ¡Pobre chica! ¡Cielos, si que me siento rara! ¿No habrá —miró a su alrededor con nostalgia— un poco de ginebra?

No había ginebra, pero sí coñac y, tras beber un trago, miss Turner recobró el aplomo.

—Le da a una un vuelco el corazón al ver una cosa así, ¿verdad? —dijo con franqueza—. ¡Pobrecita Ruby! ¡Qué canallas son los hombres! ¿No le parece?

—¿Usted cree que fue un hombre?

Josie pareció desconcertarse un poco.

—¿No lo fue? Bueno, quiero decir que... yo pensé, naturalmente que...

—¿Pensaba usted en algún hombre en particular?

Ella negó vigorosamente con la cabeza.

—No... yo no. No tengo la menor idea. Como es natural, Ruby no me lo hubiera dicho si...

—Si, ¿qué?

Josie vaciló.

—Pues... si... si hubiese tenido relaciones con alguien.

Melchett le dirigió una mirada aguda. No dijo nada más hasta que estuvieron de vuelta en el despacho.

—Ahora, miss Turner, deseo oír toda la información que pueda usted darme.

—Sí, naturalmente. ¿Por dónde quiere que empecemos?

—Quisiera conocer el nombre completo y las señas de la muchacha, el parentesco que la unía a usted y todo lo que de ella sepa.

Josephine Turner movió afirmativamente la cabeza. Melchett vio confirmada su opinión de que la joven no experimentaba gran dolor. Estaba impresionada y angustiada, pera nada más. Habló sin dificultad:

—Se llamaba Ruby Keene... Ése era su nombre de guerra, claro está. El verdadero era Rose Legge. Su madre era prima hermana de la mía. La he conocido toda la vida, pero no demasiado bien, si comprende lo que quiero decir... Tengo muchos primos, unos en el comercio, otros en el teatro... Ruby se estaba preparando para ser bailarina. Consiguió algunos contratos buenos el año pasado en comedias y todo eso. No con compañías de primera, pero sí con compañías buenas de provincias. Desde entonces ha estado contratada como una de las parejas de baile en el *Palais de la Danse*, en Bixwell, al sur de Londres. Es un sitio decente y cuidaban mucho de la muchacha, pero no se gana gran cosa.

El coronel Melchett corroboró ese punto.

—Y ahora —prosiguió Josephine— entro yo. He dirigido el baile y el bridge en el hotel Majestic de Danemouth durante tres años. Es una buena plaza, bien remunerada y agradable de desempeñar. Se encarga una de la clientela en cuanto entra... La estudia una, claro está, y adivina sus aficiones. A algunos les gusta que los dejen en paz y otros se sienten muy solos y quieren divertirse. Intenta una reunir a la gente adecuada para organizar partidas de bridge y todo eso... y se encarga de que los jóvenes bailen. Se requiere algo de tacto y de experiencia.

Melchett volvió a asentir con un gesto. Opinaba que aquella muchacha sabría desempeñar muy bien su cargo. Tenía modales agradables y amistosos, y era perspicaz sin llegar a ser intelectualmente demasiado incómoda.

—Aparte de eso —continuó Josie—, hago un par de bailes de exhibición todas las noches con Raymond. Raymond Starr... el jugador de tenis profesional, y bailarín profesional también. Bueno, pues da la casualidad de que este verano resbalé sobre una roca cuando me bañaba un día y me torcí un tobillo.

Melchett había observado que cojeaba levemente.

—Claro está, eso puso fin al baile para mí durante una temporada, lo que resultaba un poco engorroso. No quería que el hotel buscase a otra que ocupara mi lugar. Siempre existe el peligro —durante unos momentos sus ojos azules aceraron su mirada: era la hembra luchando por la existencia—, de que le estropeen a una la combinación, como comprenderá. Conque me acordé de Ruby y propuse a la gerencia que me permitieran traerla aquí. Yo seguiría encargándome de recibir a la clientela, organizar las partidas de cartas y todo eso. Ruby se cuidaría del baile nada más. Quería conservarlo todo dentro de la familia, ¿comprende?

Melchett aseguró que comprendía.

—Bueno, pues se mostraron conformes. Así que le telegrafié y vino. Era una oportunidad para ella. De más categoría que todo lo que había hecho antes. Eso fue hace cosa de un mes.

—Comprendo. Y, ¿fue un éxito? —preguntó el coronel.

—Oh, sí —repuso, como quien no da importancia a la cosa—. Ruby cayó bien. No bailaba tan bien como yo, pero Raymond es listo y sacaba el número adelante, y era bastante mona además... esbelta, rubia y con cara infantil. Exageraba un poco el maquillaje... Siempre la andaba regañando por eso. Pero ya sabe usted lo que son las muchachas. Sólo tenía dieciocho años y a esa edad siempre exageran las cosas un poco. Eso no da resultado en un sitio de la categoría del Majestic. Siempre le hablaba de ello y procuraba conseguir que fuera un poco más discreta.

—¿Gustaba a la gente?

—Oh, sí. Aunque, francamente, Ruby no era muy brillante en su conversación. Era un poco sosa, caía mejor entre los jóvenes.

—¿Tenía algún amigo en particular?

La mirada de la muchacha se encontró con la suya, comprendiendo perfectamente el alcance de la pregunta.

—No en el sentido que usted quiere decir. O por lo

menos, no que supiera yo. Pero claro está, ella no me lo hubiese dicho.

Durante un instante Melchett se preguntó por qué Josie no daba la impresión de ser muy estricta.

—Tenga la bondad —se limitó a decir— de describirme cuándo vio usted a su prima por última vez.

—Anoche. Ella y Raymond hacían dos bailes de exhibición: uno a las diez y media y el otro a medianoche.

»Dieron el primero. Después de eso, vi que Ruby, bailaba con uno de los jóvenes alojados en el hotel. Yo estaba jugando al bridge con unos señores en el salón. Hay una mampara de cristal entre el salón y la sala de baile. Ésa fue la última vez que la vi. Un poco después de medianoche. Raymond se acercó agitado, preguntó por Ruby, dijo que no se había presentado y que era hora de empezar, ¡Lo que yo me enfadé! Esas cosas son las que irritan a la gerencia y son causa de que las muchachas sean despedidas. Subí con él al cuarto de ella, pero Ruby no estaba allí. Noté que se había mudado. El vestido que había llevado para bailar, una prenda rosa que parecía de espuma, estaba tirada sobre una silla. Generalmente conservaba el mismo vestido puesto, a menos que fuera la noche del baile especial... es decir, los miércoles.

»No tenía la menor idea de dónde podía haberse metido. Hicimos que la orquesta tocara un *fox trot* más, pero Ruby seguía sin aparecer. Así que le dije a Raymond que bailaría yo con él. Escogimos un baile que no me castigara demasiado el tobillo y lo acortamos. No obstante lo cual, fue un poco fuerte para mí.

Tengo el tobillo hinchado esta mañana. Y Ruby seguía sin aparecer cuando terminamos. Nos quedamos en vela, esperándola, hasta las dos de la madrugada. Yo estaba furiosa con ella.

Su voz vibró levemente. Melchett notó un tono de auténtica ira. Durante un momento se extrañó. La reacción era un poco más intensa de lo que justificaban los hechos. Tenía el presentimiento de que se había callado a propósito.

—Y esta mañana —prosiguió—, cuando vio que Ruby no había vuelto y que su cama estaba sin deshacer, ¿avisó usted a la policía?

Sabía por el breve mensaje telefónico de Slack desde Danemouth que Josie no había hecho tal cosa. Pero quería saber lo que diría ella.

Josie no vaciló.

—No, señor. Yo no.

—¿Por qué no, miss Turner?

Los ojos de Josie le miraron con franqueza.

—Usted no lo hubiera hecho... en mi lugar.

—¿Cree que no?

—Tengo que pensar en mi empleo. Una de las cosas que ningún hotel desea es un escándalo... sobre todo si éste es uno en el que tenga que intervenir la policía. No pensé que le hubiese sucedido nada a Ruby. ¡Ni por un instante! Creí que habría hecho la tontería de largarse con algún joven. Suponía que acabaría volviendo... Y ¡tenía la intención de ponerla verde cuando lo hiciese! ¡Las muchachas de dieciocho años son todas tan atolondradas!

Melchett fingió consultar sus notas.

—Ah, sí. Veo que fue un tal mister Jefferson el que avisó a la policía. ¿Es uno de los huéspedes del hotel?

—Sí —contestó lacónicamente.

—¿Qué impulsó a mister Jefferson a llamarnos?

Josie se estaba acariciando un puño de la chaqueta. Parecía estarse reprimiendo. El coronel volvió a experimentar la sensación de que le ocultaba algo.

—Es un inválido —dijo ella, con bastante hosquedad—. Se... se excita con facilidad... porque es inválido, quiero decir.

Melchett no insistió sobre Jefferson.

—¿Quién era el joven con el que vio usted bailar a su prima? —preguntó.

—Se llama Bartlett. Ha estado allí unos diez días.

—¿Eran muy amigos?

—No gran cosa, creo yo. No que yo supiera, por lo menos.

De nuevo sonó la singular nota de ira en su voz.

—¿Qué dice él?

—Dice que, después del baile, Ruby subió a empolvarse la nariz.

—¿Fue entonces cuando se cambió de vestido?

—Supongo que sí.

—Y, ¿eso es lo último que sabe de ella? ¿Después de eso, Ruby...?

—Desapareció —afirmó Josie—. Sí, señor.

—¿Conocía miss Keene a alguien en Saint Mary Mead? ¿O en estos alrededores?

—No lo sé. Quizá sí. Van muchos jóvenes a Danemouth y al Majestic procedentes de estos alrededores.

Yo no tengo manera de saber dónde viven a menos que lo digan ellos.

—¿Ha oído usted mencionar el nombre de Gossington a su prima alguna vez?

—¿Gossington? —murmuró Josie, evidentemente perpleja.

—Gossington Hall.

Ella negó con la cabeza.

—No, en mi vida.

El tono en que lo dijo convencía. Y expresaba curiosidad también.

—Gossington Hall —explicó el coronel— es el lugar en que fue hallado el cadáver.

—¿Gossington Hall? —exclamó ella, mirándole con los ojos muy abierto—. ¡Qué raro!

«Extraordinario sería la palabra, en efecto», pensó Melchett. Y en voz alta dijo:

—¿Conoce usted a un coronel o una señora con el nombre de Bantry?

Josie volvió a negar con la cabeza.

—¿Y a un tal Basil Blake?

La muchacha frunció el entrecejo.

—Me parece haber oído ese nombre. Sí. Estoy segura de que lo he oído... pero no recuerdo nada de él.

El diligente inspector Slack le pasó a su superior una hoja arrancada de su libro de notas. En ella iba escrito con lápiz:

«El coronel Bantry cenó en el Majestic la semana pasada».

Melchett alzó la cabeza y su mirada se encontró con la del inspector. El coronel se puso colorado.

Slack era un hombre trabajador y celoso cumplidor de su deber y a Melchett le resultaba enormemente antipático. Pero no podía hacer caso omiso del reto. El inspector le estaba acusando tácitamente de favorecer a los de su propia clase social, de escudar a un antiguo compañero de Universidad.

Se volvió hacia Josie.

—Miss Turner, desearía que nos acompañara usted a Gossington Hall, si no tiene inconveniente, claro.

Frío, retador, casi sin hacer caso de un murmullo de consentimiento, Melchett clavó su mirada en la de Slack.

Capítulo V

En el pueblo de Saint Mary Mead transcurría la mañana más emocionante que había conocido en mucho tiempo.

Miss Wetherby, solterona nariguda y mordaz, fue la primera en propagar la intoxicante información. Se presentó en casa de su amiga y vecina miss Hartnell.

—Perdona que venga a verte tan temprano, querida, pero pensé que a lo mejor no habrías oído la noticia.

—¿Qué noticia? —exigió miss Hartnell.

Tenía una voz profunda, de bajo, y visitaba infatigablemente a los pobres, a pesar de los esfuerzos que hacían éstos por librarse de su presencia.

—La relacionada con el cadáver de una mujer en la biblioteca del coronel Bantry...

—¿En la biblioteca del coronel?

—Sí. Es terrible, ¿verdad?

—¡Pobre mujer la suya! —dijo miss Hartnell, haciendo todo lo posible por disimular cuán grata le resultaba la noticia.

—En efecto, pobre mujer. No pienso que ella tuviera la menor idea...

—Pensaba demasiado en su jardín y no lo bastante en su marido —observó severamente miss Hartnell—. No hay que quitarle ojo a un hombre... ni un momento —repitió con ferocidad.

—Lo sé. Lo sé. Es verdaderamente horrible.

—¿Qué dice Jane Marple? ¿Crees tú que sabe algo ya del asunto? Es tan perspicaz en esas cosas...

—Jane Marple se ha ido a Gossington.

—¡Cuándo! ¿Esta mañana?

—Muy temprano. Antes de desayunar.

—¡Cielos! ¡Hay que ver...! Bueno, quiero decir que eso me parece a mi llevar las cosas demasiado lejos. Todos sabemos que a Jane le gusta meter las narices en todo... Pero a esto lo llamo yo... ¡indecencia!

—Oh, pero es que mistress Bantry la mandó llamar.

—¿Que mistress Bantry la mandó llamar a ella?

—Vino el automóvil a buscarla. Lo conducía Muswell.

—¡Dios mío! ¡Qué cosa más singular!

Guardaron silencio unos minutos, asimilando la noticia.

—¿De quién era el cadáver? —exigió miss Hartnell.

—¿Sabes esa horrible mujer que viene con Basil Blake?

—¿Esa rubia oxigenada? —miss Hartnell estaba un poco rezagada en cuestión de modas. Aún no había avanzado de la rubia oxigenada a la rubia platino—. ¿Ésa que está a veces tumbada en el jardín desnuda como quien dice?

—Sí, querida. Ahí estaba... sobre la alfombra... ¡estrangulada!

—Pero, ¿qué quieres decir...? ¿En Gossington?

Miss Wetherby movió afirmativa y expresivamente la cabeza.

—Entonces, ¿el coronel Bantry también...?

Volvió a decir que sí miss Wetherby con la cabeza.

—¡Oh! —Hubo una pausa mientras las dos damas saboreaban aquel añadido al escándalo del pueblo.

—¡Qué mujer más malvada! —trompeteó miss Hartnell con ira implacable.

—De una moralidad completamente relajada, me temo.

—Y el coronel Bantry, un hombre tan simpático y discreto.

—Los más callados son con frecuencia los peores. Jane Marple siempre dice eso —dijo Miss Wetherby con verdadero deleite.

Mistress Price Ridley fue una de las últimas en oír la noticia.

Rica y autoritaria viuda, vivía en una gran casa al lado de la vicaría. Conoció el suceso por boca de su doncella Clara.

—¿Una mujer dices, Clara? ¿Hallada muerta sobre la alfombra del coronel Bantry?

—Sí, señora. Y dicen, señora, que no llevaba nada puesto, señora... ¡ni un trapo!

—Basta, Clara, no es necesario entrar en detalles.

—No, señora. Y dicen, señora, que al principio creyeron que era la novia de mister Blake, señora... la que bajaba con él los fines de semana a la casa nueva de mister Booker. Pero ahora dicen que es una mujer completamente distinta, señora. Y el dependiente del pescadero dice que jamás lo hubiera creído del coronel Bantry, señora... Es que el coronel pasa la bandeja de la colecta los domingos en la iglesia.

—Hay mucha maldad en el mundo, Clara —dijo mistress Price Ridley—. Que esto te sirva de escarmiento.

—Sí, señora. Mi madre nunca me dejaría servir en una casa donde hubiese un caballero.

—Puedes retirarte, Clara —dijo mistress Price Ridley.

Sólo había un paso desde la casa de mistress Price Ridley hasta la vicaría.

Mistress Ridley tuvo la suerte de encontrar al vicario en su estudio. El vicario, hombre apacible, de edad madura, era siempre el último en enterarse de todo.

—¡Es una cosa tan terrible! —dijo mistress Ridley, jadeando un poco, porque había ido bastante aprisa—. Me parece absolutamente necesario acudir a usted en busca de consejo, querido vicario.

Clement pareció alarmarse.

—¿Ha sucedido algo? —preguntó.

—¿Que si ha sucedido algo? —exclamó mistress Ridley, repitiendo la pregunta con gesto dramático—. ¡El más horrible escándalo! Ninguno de nosotros tenía la menor idea de ello. Una mujer depravada, completamente desnuda, estrangulada sobre la alfombra, ante la chimenea del coronel Bantry.

El vicario la miró boquiabierto.

—¿Se... se encuentra usted en sus cabales?

—No me extraña que le cueste trabajo creerlo. Yo tampoco podía creerlo al principio. ¡La hipocresía de ese hombre! ¡Todos estos años!

—Tenga la bondad de contarme exactamente lo ocurrido.

Mistress Ridley se lanzó a hacer un relato completo. Cuando hubo terminado, Clement dijo apaciblemente:

—Pero no hay nada que indique que el coronel Bantry tuviera nada que ver con ello, ¿verdad?

—¡Oh, querido vicario! ¡Sabe usted tan poco del mundo! Pero voy a contarle una cosa. El jueves pasado, o ¿sería el jueves anterior? Bueno, da lo mismo... Yo iba a Londres en el tren con billete reducido. El coronel Bantry iba en el mismo vagón. Me pareció muy abstraído y durante casi todo el camino estuvo parapetado tras el *Times*. Como si no quisiera hablar, ¿comprende?

El vicario expresó con un movimiento de cabeza su completa comprensión, y posiblemente su completo acuerdo con la acción del coronel.

—Al llegar a la estación de Paddington le dije adiós. Él había ofrecido buscarme un taxi, pero yo iba a tomar el autobús hasta Oxford Street. El coronel, sin embargo, alquiló un coche y le oí claramente decirle al conductor que le llevara a... ¿a dónde cree usted?

Clement la miró interrogador.

—¡A unas señas de Saint John's Wood! —Mistress

Ridley hizo una pausa triunfal—. Eso, en mi opinión, lo demuestra todo.

El vicario siguió tan enterado como antes.

En Gossington, mistress Bantry y miss Marple estaban en la sala conversando animadamente.

—¿Sabes? —dijo mistress Bantry—. Me alegro de que se hayan llevado el cadáver. No es agradable tener un cadáver en casa.

Miss Marple asintió con un movimiento de cabeza.

—Ya sé, querida. Comprendo perfectamente tus sentimientos.

—No puedes comprenderlos. Sería necesario para eso que hubieras tú tenido un cadáver en tu casa. Ya sé que tuviste uno en la casa de al lado una vez, pero eso no es lo mismo. Espero que no le cogerá Arthur antipatía a la biblioteca. ¡Nos sentamos tanto en ella! ¿Qué estás haciendo, Jane?

Porque miss Marple, tras echar una mirada al reloj, se estaba poniendo en pie.

—Estaba pensando marcharme a casa. Si no puedo hacer ninguna cosa por ti...

—No te vayas aún. Los de las huellas dactilares, los fotógrafos y casi todos los policías se han marchado ya, pero sigo teniendo el presentimiento de que puede suceder algo. Tú no querrás que se te escape nada.

Sonó el teléfono y fue a contestar. Volvió con la cara radiante.

—Ya te dije que ocurrirían más cosas. Era el coronel Melchett. Viene hacia aquí con la prima de la pobre muchacha.

—¿Por qué será? —murmuró mistress Marple.

—Oh, supongo que para que vea dónde sucedió y todo eso.

—Para algo más que eso será, seguramente.

—¿Qué quieres decir Jane?

—Pues que... tal vez... quiera que conozca a tu marido.

—¿Para ver si lo reconoce? ¿Creen que...? Oh, sí, supongo que deben sospechar de Arthur.

—Me temo que sí.

—¡Cómo si Arthur pudiera tener nada que ver con el asunto!

Mistress Marple guardó silencio.

Mistress Bantry se volvió hacia ella, acusadora.

—Y no me pongas como ejemplo al viejo general Henderson... o a algún horrible viejo por el estilo que mantenía a su doncella. Arthur no es así.

—No, no, claro que no.

—No. Es que no lo es. Sólo que a veces... se pone un poco tonto con las muchachas bonitas que vienen a jugar al tenis. Se pavonea con ellas, ¿comprendes?, pero sin malicia. Y, ¿por qué no había de hacerlo? Después de todo —terminó diciendo mistress Bantry con tranquilidad—, yo tengo el jardín.

Miss Marple sonrió.

—No debes preocuparte, Dolly —dijo.

—No, no tengo la menor intención de hacerlo. No obstante, sí que me preocupo un poco y es por Arthur que se ha disgustado. Todos esos policías rondando por ahí... Se ha ido a la granja. El ver cerdos y todo eso le apacigua cuando está disgustado. Mira: ya están aquí.

El coche del jefe de la policía del condado se detuvo junto a la puerta.

El coronel Melchett entró acompañado de una joven elegantemente vestida.

—Ésta es miss Turner, mistress Bantry. La prima de la... la... víctima.

—Tanto gusto —dijo mistress Bantry, avanzando con la mano extendida—. Todo esto debe ser terrible para usted.

—Sí que lo es —dijo Josephine Turner con franqueza—. Nada de esto parece real. Es como una pesadilla.

Mistress Bantry presentó a miss Marple.

—¿Está por aquí el bueno de su marido? —preguntó Melchett, con aparente despreocupación.

—Tuvo que ir a una de las granjas. Estará de vuelta pronto.

—Oh...

Melchett pareció desconcertado.

—¿Miss Turner —le preguntó mistress Bantry—, le gustaría ver dónde... dónde ocurrió? ¿O prefiere no verlo?

—Creo que me gustaría verlo —dijo Josie tras un instante de vacilación.

Mistress Bantry la condujo a la biblioteca, seguida del coronel Melchett y de miss Marple.

—Ahí estaba —anunció mistress Bantry con gesto dramático—, sobre la alfombra.

—¡Oh! —Josie se estremeció. Pero también dio muestras de perplejidad. Y añadió, arrugando el ceño—: No puedo comprenderlo. ¡No puedo!

—Pues nosotros menos aún —aseguró mistress Bantry.

—No es la clase de sitio... —dijo Josie lentamente y se interrumpió.

Miss Marple manifestó su asentimiento con lo que había quedado a medio decir, mediante un dulce movimiento de cabeza.

—Eso —murmuró— es lo que, precisamente, lo hace tan interesante.

—Vamos, miss Marple —dijo el coronel Melchett, de buen humor—, ¿no se le ocurre a usted una explicación?

—Oh, sí. Sí que se me ocurre una explicación —repuso la anciana—. Una explicación admisible, Pero claro, sólo se trata de una idea más. Tommy Bond —continuó— y mistress Martin, nuestra nueva maestra de escuela. Fue a dar cuerda al reloj y salió una rana de su interior.

Josie Turner la miró extrañada. Cuando salían todos del cuarto, le susurró a mistress Bantry:

—¿Está esa señora un poco mal de la cabeza?

—¡De ninguna manera! —exclamó indignada mistress Bantry.

—Perdone —dijo Josie—. Creí que a lo mejor se imaginaba ser ella una rana o algo así.

El coronel Bantry entraba en aquellos instantes por una puerta lateral. Melchett le llamó y observó a Josephine Turner mientras hacía las presentaciones.

Pero no sorprendió gesto alguno de interés ni señal de que le reconociese. Melchett exhaló un suspiro de alivio. ¡Al diablo con Slack y sus insinuaciones!

En contestación a una pregunta del coronel Bantry, Josie estaba contando la historia de la desaparición de Ruby Keene.

—Sería una preocupación terrible para usted, querida —dijo mistress Bantry.

—Estaba más furiosa que preocupada —aseguró Josie—. Yo no sabía entonces qué le había ocurrido, claro está.

—Y, sin embargo —dijo miss Marple—, fue usted a la policía. ¿No fue eso... y usted perdone... un poco prematuro?

—¡Ah, pero no fui yo! —dijo Josie con avidez—. Quien llamó fue mister Jefferson.

—¿Jefferson? —dijo mistress Bantry.

—Sí, es un inválido.

—¿No será Conway Jefferson? ¡Sí, lo conozco muy bien! Es un viejo amigo nuestro. Arthur, escucha... Conway Jefferson. Se aloja en el Majestic y fue él quien lo notificó a la policía. ¿No es eso una coincidencia?

—Mister Jefferson —apuntó Josie— estuvo aquí el verano pasado también.

—¡Hay que ver! Y nosotros sin saberlo. No le hemos visto desde hace la mar de tiempo. ¿Cómo... cómo se encuentra actualmente?

Josie reflexionó.

—A mí me parece maravillosamente. De veras... Teniendo en cuenta las circunstancias, quiero decir.

Siempre está alegre, siempre tiene un chiste a flor de labios.

—¿Está la familia allí con él?

—¿Mister Gaskell, quiere decir? ¿Y la joven mistress Jefferson? ¿Y Peter? Oh, sí.

Algo cohibía a Josephine Turner y frenaba su atractiva franqueza habitual. Al hablar de los Jefferson, había algo no del todo natural en su voz.

—Los dos son muy agradables —dijo mistress Bantry—, ¿verdad? Los jóvenes, quiero decir.

—Oh, sí... sí que lo son —contestó Josie algo indecisa—. Yo... nosotros... sí, sí que lo son, en realidad.

—¿Y qué quería decir con eso? —exigió mistress Bantry mirando por la ventana hacia el coche del jefe de la policía que se alejaba—. Lo son, en realidad. ¿Crees tú, Jane, que hay algo...?

Miss Marple se abalanzó sobre las palabras con avidez.

—¡Oh, sí...! ¡Sí que lo creo! ¡Es completamente inconfundible! Cambió inmediatamente cuando se mencionó a los Jefferson. Había sido muy natural hasta aquel momento.

—Pero, ¿qué crees tú que es, Jane?

—Mira, querida, tú los conoces. Lo único que yo presiento es que hay algo, como tú dices, acerca de ellos, que tiene alarmada a la joven esa. Y otra cosa: ¿No notaste que, cuando le preguntaste si no experimentó ansiedad al ver que había desaparecido la muchacha, te contestó que estaba furiosa? Y parecía furiosa... ¡furiosa de verdad! Eso se me antoja interesante, ¿sabes? Tengo una corazonada, y quizá me equivoque, que ésta es su principal reacción ante la muerte de la muchacha. No le tenía el menor cariño, estoy segura. No le llora ni mucho menos. Pero sí que creo definitivamente que el pensar en esa muchacha, en Ruby Keene, la enfurece. Y aquí lo interesante es saber... *¿por qué?*

—¡Ya lo averiguaremos! —aseguró mistress Bantry—. Iremos a Danemouth y nos alojaremos en el Majestic... Sí, tú también, Jane. Necesito un cambio de aires después de lo ocurrido aquí. Unos cuantos días de hotel... eso es lo que necesitamos, y conocerás a Conway Jefferson. Es encantador, encantador de verdad. Es la historia más triste que te puedas imaginar.

»Tenía un hijo y una hija, y al uno y al otro los quería entrañablemente. Los dos estaban casados, pero pasaban largas temporadas en casa de su padre. Su esposa era una mujer dulcísima también y él la adoraba. Volaban a casa desde Francia un año, y hubo un accidente. Se mataron todos: el piloto, mistress Jefferson, Rosamund y Frank. A Conway le quedaron las piernas tan mal heridas, que hubieron de amputárselas. ¡Qué valor! Ha sido maravilloso... ¡Y su ánimo! Era un hombre muy activo y ahora es un inválido, pero jamás se queja. Su nuera vive con él... Era viuda cuando Frank Jefferson se casó con ella, y tenía un hijo del primer matrimonio, Peter Carmody. Los dos viven con Conway. Mark Gaskell, viudo de Rosamund, está allí también la mayor parte del tiempo. Fue una tragedia horrible.

—Y ahora —dijo miss Marple— hay otra tragedia más...

—Oh, sí... sí —replicó mistress Bantry—, pero no tiene nada que ver con los Jefferson.

—¿No...? Fue mister Jefferson quien lo notificó a la policía.

—En efecto. ¿Sabes, Jane? Sí que es curioso todo eso...

Capítulo VI

El coronel Melchett se hallaba frente a frente con un gerente de hotel muy disgustado. Le acompañaba el superintendente Harper, de la policía de Glenshire, y el inevitable inspector Slack, este último bastante enfadado con la deliberada usurpación del caso por parte del jefe de policía.

El superintendente Harper tendía a mostrarse apaciguador con un lacrimoso Prestcott, y el coronel Melchett daba muestras de aspereza y brutalidad.

—Cuando una cosa no tiene remedio, hay que apechugar con ella —decía con brusquedad—. La muchacha ha muerto... estrangulada. Tiene usted suerte de que no la estrangularan en su propio hotel. Esto sitúa la investigación en un condado distinto y ahorra muchísimas molestias y publicidad a su establecimiento. Pero hay que hacer ciertas indagaciones, y cuanto antes las llevemos a cabo, mejor para todos. Puede confiar en que seremos discretos y en que obraremos con tacto. Por tanto le propongo que se deje de rodeos y vaya derecho al grano. ¿Qué sabe usted exactamente de esa muchacha?

—Yo no sabía nada... ni una palabra. Josie la trajo aquí.

—¿Lleva Josie aquí mucho tiempo?

—Dos años... no, tres.

—¿Y le gusta?

—Sí, Josie es una buena muchacha... una muchacha muy agradable. Competente. Tiene don de gentes y sabe cómo apaciguar a los clientes cuando discuten. El bridge, como usted sabe, es un juego en que se hiere con tanta facilidad a las personas sensibles...

El coronel Melchett expresó su total asentimiento con un gesto. Su esposa era muy aficionada al bridge, pero lo jugaba muy mal.

—Josie tenía mucha habilidad en eso de calmar los ánimos —continuó Prestcott—. Sabía manejar muy bien a la gente. Era agradable, pero inflexible. ¿Me comprende?

Melchett volvió a asentir con un movimiento de cabeza. Ahora sabía qué era lo que le había recordado miss Josephine Turner. A pesar del maquillaje y de la elegancia de su porte, tenía marcadas reminiscencias de institutriz.

—Confío en ella —prosiguió Prestcott, tornándose quejumbroso—. ¿Por qué diablos se puso a jugar encima de rocas resbaladizas de una forma tan estúpida?

»Tenemos una playa muy bonita aquí. ¿Por qué no podía bañarse en ella? ¡Resbalar, caer y torcerse el tobillo! ¡Qué manera de portarse conmigo! Le pago para que baile y juegue al bridge y se encargue de que todos se diviertan y sean felices, no para que vaya a bañarse donde hay rocas y se tuerza el tobillo. Las bailarinas debieran tener mucho cuidado con sus tobillos y no correr riesgos. Me molestó muchísimo. No había derecho a que el hotel sufriera las consecuencias de su estupidez.

Melchett cortó en seco el relato.

—Y... ¿entonces propuso ella que viniera su prima?

Prestcott asintió a regañadientes.

—Sí, señor. La idea no me pareció mala. Aunque claro está, yo no tenía la menor intención de meterme en más gastos. Estaba dispuesto a mantener a la muchacha y nada más. Si quería cobrar algo, tendría que entendérselas con Josie, y así se acordó. Yo no sabía una palabra de la muchacha.

—Pero... ¿dio buen resultado?

—Eso sí. No parecía mala chica. Era muy joven, es cierto... algo ordinaria quizá para un sitio de esta categoría, pero se portaba bien. Bailaba bien. Gustaba a la gente.

—¿Bonita?

Había sido difícil deducir esto de la hinchada y azulada cara del cadáver.

Prestcott estudió la pregunta.

—Así, así —dijo al fin—. La cara un poco chupada, ¿comprende? No hubiera valido gran cosa sin maquillaje. Pero, con un poco de ayuda, conseguía parecer bastante atractiva.

—¿Tenía muchos admiradores?

—Sé dónde quiere usted ir a parar. —Prestcott se excitó—. Yo nunca vi nada. Nada de particular. Uno o dos muchachos la rondaron un poco... pero eso era normal, como quien dice. Nadie de quien pudiera sospecharse que fuera un estrangulador, en mi opinión. Se llevaba bien con la gente de más edad por añadidura. Se hacía simpática por su charla. Parecía una criatura, ¿comprende? Eso les divertía.

—¿A mister Jefferson, por ejemplo? —insinuó el superintendente Harper con voz profunda y melancólica.

El gerente movió afirmativamente la cabeza.

—Sí. Al hablar de gente de más edad estaba pensando en mister Jefferson precisamente. Acostumbraba sentarse a su lado y con la familia muy a menudo. A veces la llevaba a dar un paseo. A mister Jefferson le gusta mucho la gente joven y se encuentra muy a gusto entre ellos.

»No quiero que haya malas interpretaciones. Mister Jefferson está impedido. No puede ir muy lejos... sólo a donde puede llevarle el sillón de ruedas. Pero siempre le gusta ver cómo se divierte la gente joven... Presencia los partidos de tenis, los baños y todo eso... y da fiestas a la juventud aquí. La juventud le gusta, como he dicho, y no está ni pizca de amargado, como bien podía estarlo. Un caballero muy popular y, en mi opinión, de un carácter muy hermoso.

—¿Demostraba algún interés por Ruby Keene? —preguntó Melchett.

—Creo que le distraía su conversación.

—¿Compartía la familia la simpatía que la muchacha le inspiraba?

—La familia siempre se mostró muy amable con ella.

—¿Y fue él quien denunció su desaparición a la policía? —preguntó Harper.

Consiguió impregnar sus palabras de un significado y un reproche que hicieron reaccionar inmediatamente al interlocutor.

—Póngase usted en mi lugar, mister Harper. Yo no soñé ni un instante que hubiera podido ocurrir nada malo. Mister Jefferson vino a mi despacho hecho una furia. Comprobamos que la muchacha no había dormido en su habitación. No había interpretado su número de baile la noche anterior. Debía de haber salido a dar un paseo en automóvil o sufrió un accidente quizás. ¡Era preciso informar inmediatamente a la policía! ¡Hacer indagaciones! Estaba descompuesto y se sentía autoritario. Telefoneó a la policía desde mi despacho.

—¿Sin consultar a miss Turner?

—A Josie le hizo muy poca gracia. Me di cuenta de eso. Estaba muy molesta por lo ocurrido... molesta con Ruby, quiero decir. Pero, ¿qué podía hacer ella?

—Creo —dijo Melchett— que será mejor que nos entrevistemos con mister Jefferson, ¿eh, Harper?

El superintendente asintió.

Prestcott subió con ellos a la *suite* de Conway Jefferson. Se hallaba en el primer piso, con vistas al mar.

—Se da buena vida, ¿eh? —dijo Melchett como sin darle importancia—. ¿Es rico?

—Creo que posee una cuantiosa fortuna. No regatea nada cuando viene aquí. Se hace reservar las mejores habitaciones, come generalmente a la carta, bebe vinos caros... lo mejor de todo.

Melchett movió afirmativamente la cabeza.

Prestcott llamó con los nudillos a la puerta.

—¡Adelante! —respondió una voz de mujer.

Entró el gerente y los demás le siguieron.

Prestcott habló en tono de disculpa a la mujer, que, sentada junto a la ventana, volvió la cabeza al entrar ellos.

—Siento mucho molestarla, señora, pero estos señores son... de la policía. Tienen vivos deseos de hablar con mister Jefferson. Ah... coronel Melchett, superintendente Harper, inspector Slack... les presento a mistress Jefferson.

Ésta correspondió a la presentación inclinando levemente la cabeza.

«Una mujer de facciones corrientes», pensó Melchett a primera vista. Luego, al dibujarse una leve sonrisa en los labios de la señora y al oírla hablar, cambió de opinión. Tenía una voz singularmente encantadora y simpática, y sus ojos, claros, color avellana, eran hermosos. Vestía sobriamente, pero lo que llevaba puesto le sentaba muy bien, y tendría, a juicio del coronel, unos treinta y cinco años.

—Mi suegro está durmiendo —dijo ella—. Está débil, y este asunto ha sido un terrible golpe para él. Tuvimos que llamar al médico para que le diera un sedante. En cuanto se despierte sé que querrá verlos a ustedes. Entretanto, quizá pueda yo ayudarlos. ¿Quieren sentarse?

Prestcott ardía en deseos de escapar.

—Bueno... eh —dijo a Melchett—, si no desean nada de mí...

Éste le dijo que podía retirarse. Prestcott le dio las gracias y se marchó

Una vez se cerró la puerta tras él, la habitación adquirió un ambiente más distendido y sociable. Adelaide Jefferson tenía la virtud de saber crear una atmósfera relajada. Era una mujer que nunca parecía decir cosa alguna notable, pero que lograba estimular a los demás para que hablasen y se encontraran como en su casa. Ahora, encontró el tono más indicado al decir:

—Ese asunto nos ha horrorizado mucho a todos. Veíamos con frecuencia a la muchacha, ¿sabe? Parece increíble. Mi suegro está enormemente disgustado. Le tenía mucho afecto a Ruby. Se hacía querer.

—¿Creo que fue mister Jefferson quien lo notificó a la policía? —dijo el coronel Melchett. Más que una pregunta era una afirmación.

Quería ver la reacción de ella. Hubo un destello, nada más que un destello. ¿Molestia? ¿Preocupación...? No supo interpretarlo con exactitud, pero había algo y le pareció que se veía obligado a concentrar sus facultades para hacer frente a la tarea desagradable que se avecinaba.

—En efecto. Como está impedido —contestó la joven mistress Jefferson—, se disgusta o alarma con facilidad. Intentamos persuadirlo de que no había pasado nada, de que habría una explicación perfectamente lógica, y que a la propia muchacha no le gustaría que se avisara a la policía. Él insistió. Bueno —hizo un pequeño gesto—, él tenía razón y nosotros no.

—¿Conocían bien a miss Ruby Keene, mistress Jefferson? —preguntó Melchett.

Ella recapacitó.

—Es difícil precisar —consideró—. Mi suegro es muy amante de la gente joven y le gusta verse rodeado de ella. Ruby era un deleite nuevo para él... su charla le divertía y despertaba su interés. Se pasaba muchos ratos sentada con nosotros en el hotel y mi suegro la sacaba a dar paseos en el automóvil.

«Podría decir mucho más si quisiera. La noto evasiva, reservada», se dijo Melchett. Sin embargo, prosiguió:

—¿Tiene la bondad de contarme lo que sepa de los acontecimientos de anoche?

—Ya lo creo. Pero me temo que habrá muy poca cosa que pueda serles útil. Después de cenar, Ruby vino a sentarse con nosotros en el salón. Se quedó aún después de haber empezado el baile. Habíamos acordado jugar al bridge más tarde, pero estábamos aguardando a Mark, es decir, a Mark Gaskell, mi cuñado... casado con la hija de mister Jefferson, ¿saben...?, que tenía cartas importantes que escribir. Y aguardamos también a Josie. Ella iba a hacer de cuarto jugador.

—¿Sucedía con frecuencia?

—Con mucha frecuencia. Es una jugadora de primera, claro está, y muy agradable. Mi suegro es un gran aficionado al bridge y, siempre que es posible, le gustaba que Josie jugara con nosotros en lugar de buscar a una persona extraña. Como es natural, ya que ella ha de combinar los equipos de jugadores, no siempre puede jugar con nosotros, pero lo hace siempre que puede y —esbozó una sonrisa—, como mi suegro gasta mucho dinero en el hotel, la gerencia está encantada de que Josie nos complazca.

—¿Le es a usted simpática Josie? —preguntó Melchett.

—Sí, señor. Siempre está de buen humor y alegre. Trabaja mucho y parece hacerlo muy a gusto. Es perspicaz, aunque no muy culta. Y... bueno, nunca tiene pretensiones en nada. Es natural y no tiene ni pizca de afectación.

—Prosiga, mistress Jefferson.

—Como digo, Josie tiene que combinar los jugadores, y Mark estaba escribiendo. Por tanto, Ruby estuvo sentada charlando con nosotros un poco más tiempo que de costumbre. Luego se acercó Josie, y Ruby marchó a hacer su primer número de baile con Raymond, un bailarín y jugador de tenis profesional. Volvió nuevamente a nuestro lado en el preciso instante en que se reunía con nosotros Mark. Después se fue a bailar con un joven y nosotros nos pusimos a jugar al bridge. —Se interrumpió e hizo un gesto de resignada impotencia—. ¡Y eso es todo cuanto sé! La vi una sola vez de refilón cuando bailaba.

»Pero el bridge es un juego que requiere concentración y apenas miré por la mampara de cristal hacia la sala de baile. A eso de medianoche Raymond se acercó a Josie muy agitado y le preguntó dónde estaba Ruby. Josie, naturalmente, intentó hacerle callar, pero...

El superintendente Harper la interrumpió.

—¿Por qué «naturalmente», mistress Jefferson? —dijo con voz serena.

—Pues... —Mistress Jefferson vaciló. A Melchett se le antojó que parecía algo desconcertada—... Josie no quería que se diera mucha importancia a la desaparición de la muchacha. Se consideraba a sí misma responsable de ella hasta cierto punto. Dijo que Ruby estaría probablemente en su cuarto, que había hablado de tener dolor de cabeza anteriormente... A propósito, no creo que eso fuera verdad. Josie lo dijo nada más que como excusa. Raymond telefoneó al cuarto de Ruby, pero, según parece, no recibió contestación y volvió con nosotros enfadado. Josie se fue con él e intentó apaciguarle y acabó bailando en lugar de Ruby. Fue valiente, porque noté después que le dolía el tobillo. Volvió a nuestro lado al terminar su interpretación e intentó calmar a mi marido. Se había excitado mucho para entonces. Conseguimos calmarlo por fin y le rogamos que se acostara. Le dijimos que Ruby se habría marchado, con toda seguridad, a dar una vuelta en automóvil y que se le habría pinchado algún neumático. Se acostó intranquilo y, esta mañana, empezó a dar guerra en seguida. —Hizo una pausa—. Lo demás relacionado con el asunto en cuestión, ya lo saben.

—Gracias, mistress Jefferson. Ahora voy a preguntarle si tiene usted alguna idea de quién puede haber sido el autor de lo sucedido.

—No tengo la menor idea —respondió sin vacilar—. Temo que no pueda ayudarles en absoluto.

—¿Nunca dijo nada la muchacha? —insistió—. ¿No habló de celos? ¿No mencionó a hombre alguno al que tuviese miedo? ¿Ni a nadie con quien intimara?

Adelaide Jefferson contestó negativamente a todas las preguntas, sacudiendo la cabeza.

No parecía haber ninguna otra cosa que pudiera ella decirles.

El superintendente propuso que se entrevistaran con el joven George Bartlett y que volvieran para ver a Jefferson más tarde. El coronel asintió y los tres hombres salieron, prometiendo mistress Jefferson avisarles en cuanto se hubiese despertado su suegro.

—Una mujer agradable —dijo el coronel cuando cerraron la puerta tras sí.

—Muy agradable, en verdad —respondió el superintendente.

Capítulo VII

George Bartlett era un joven delgado y largui-rucho, con una nuez muy saliente y una inmensa dificultad para decir lo que quería decir. Se encontraba tan nervioso que resultaba difícil mantener una conversación tranquila.

—Oigan, es horrible, ¿verdad? Como lo que leemos en los sucesos... pero a uno no le da la sensación de que haya ocurrido de veras.

—Por desgracia, no existe la menor duda acerca de ello, mister Bartlett —dijo el superintendente.

—No, no, claro que no. Pero parece muy raro. Y a unas millas de aquí y todo... en una casa del campo, ¿verdad? Una casa de postín y todo eso. Revolucionó a la vecindad, ¿eh?

—¿Conocía usted bien a la muerta, mister Bartlett? —intervino Melchett.

Bartlett pareció alarmarse.

—Oh, no... no muy bien, se-señor. Apenas la conocía... si usted quiere entenderme. Bailé con ella una o dos ve-veces, nos saludábamos, algo de tenis... usted ya sa-sabe.

—Creo que fue usted la última persona en verla viva anoche, ¿verdad?

—Supongo que sí... ¿No es te-terrible? Quiero decir... estaba completamente bien cuando la vi, absolutamente bien.

—¿Bailó con ella?

—Sí... si quiere que le diga la verdad... bueno, sí, bailé. A primera hora de la noche, sin embargo. Le diré... fue inmediatamente después de su baile de exhibición con el profesional é-ése, serían las diez y media, las once, no lo sé.

—No se preocupe de la hora. La podemos fijar nosotros. Cuéntenos exactamente lo que ocurrió anoche.

—Pues bailamos, ¿sabe? No es que yo sea un gran bailarín.

—La forma en que usted baila no tiene nada que ver con el caso, mister Bartlett.

George Bartlett dirigió una mirada preñada de alarma al coronel.

—N-no... n-no, supongo que no —dijo tartamudeando todavía más—. Bueno, pues como de-decía, bailamos, dando vueltas y más vueltas, y yo hablé. Pero Ru-Ruby no dijo gran cosa y bostezó un poco. Como dije, no bailo muy bien, así que las mu-muchachas... bueno parecen preferir no hacerlo conmigo, si usted me entiende. Me dijo que tenía dolor de cabeza... yo comprendo perfectamente cuándo me largan una indirecta. Le dije: «Está bien», y no hubo más que-que hablar.

—¿Qué fue lo último que vio usted de ella?

—Subía la escalera.

—¿No habló de tener que encontrarse con nadie? ¿O de ir a dar un paseo en automóvil? ¿O... o... de tener una cita?

—Conmigo, no —respondió melancólico—. No hizo más que deshacerse de mí.

—¿Qué impresión le causó? ¿Parecía experimentar ansiedad, o estar abatida o preocupada?

George Bartlett reflexionó.

—Parecía algo aburrida. Bostezaba como ya he dicho. Nada más.

—¿Y qué hizo usted, mister Bartlett? —dijo el coronel Melchett.

—¿Eh?

—¿Qué hizo usted cuando le dejó Ruby Keene?

George le miró boquiabierto.

—Aguarde un momento... ¿Qué hice?

—Estamos aguardando a que usted nos lo diga.

—Sí, sí, claro... Es difícil recordar las cosas, ¿verdad? Vamos a ver... nada me extrañaría que hubiese entrado en el bar a echar un trago.

—¿Entró usted en el bar a echar un trago?

—Ahí está la cosa. Sí que eché un trago. Sólo que no creo que fuera entonces. Tengo la idea de que anduve vagando por ahí, ¿sabe? Tomando el aire. Para estar en septiembre hacía bastante bochorno. Se estaba muy bien allá fuera. Sí, eso es. Anduve paseando por ahí un rato, luego entré a echar un trago, y después volví al salón de baile. Poca animación. Noté que... ¿cómo se llama...? Josie, ¿verdad? Estaba bailando otra vez. Con el del tenis. Había estado de baja... un tobillo torcido o no sé qué...

—Con eso queda fijada la hora de su regreso. Lo hizo a medianoche. ¿Es su intención hacernos creer que se pasó más de una hora paseando afuera?

—Verá... eché un trago, ¿sabe? Estuve... bueno, estuve pensando en cosas.

Esta declaración fue recibida con mayor incredulidad que las otras.

—¿En qué estuvo pensando usted? —inquirió vivamente el coronel Melchett.

—Oh, no sé. En cosas —respondió el joven.

—¿Tiene usted coche, mister Bartlett?

—Sí, tengo coche.

—¿Dónde estaba? ¿En el garaje del hotel?

—No, estaba en el patio, si quiere que le diga la verdad, pensé que tal vez se me ocurriría dar una vuelta, ¿comprende?

—¿Y quizá la dio?

—No... no lo hice. Le juro que no.

—¿No se llevaría usted a miss Keene a dar una vuelta, por ejemplo?

—Eh, oiga, escuche... ¿qué quiere decir con eso? No la llevé... Le juro que no la... la llevé. De veras.

—Gracias, mister Bartlett. No creo que tengamos que preguntarle nada más de momento. De momento —repitió el coronel dando énfasis a estas dos palabras.

Dejaron a Bartlett con cómica expresión de alarma en su nada intelectual semblante.

—¡Imbécil sin seso! —murmuró el coronel—. ¿O lo será de verdad?

El superintendente sacudió la cabeza.

—Nos queda mucho camino por recorrer.

Capítulo VIII

Ni el conserje de noche ni el *barman* resultaron de gran ayuda. El conserje recordaba haber telefoneado al cuarto de miss Ruby Keene poco antes de medianoche sin obtener respuesta. No se había fijado en si mister Bartlett entraba o salía del hotel. Muchos señores y señoritas habían entrado y salido porque la noche era hermosa. Y había puertas laterales en el corredor aparte de la del vestíbulo principal.

Estaba bastante seguro de que miss Keene no había salido por la puerta principal, pero, si había bajado de su cuarto, que estaba en el primer piso, había una escalera al lado mismo de la habitación y una puerta al final del pasillo que conducía a la terraza lateral. Hubiera podido salir fácilmente por allí sin ser vista. No se cerraba con llave hasta terminar el baile a las dos de la madrugada.

El *barman* recordaba que mister Bartlett había estado bebiendo unas copas la noche anterior, pero no podía asegurar a qué hora. A medianoche, en su opinión. Bartlett se hallaba sentado en un rincón con cara de tristeza. Tampoco recordaba cuánto tiempo había estado allí.

Había habido mucho movimiento de clientes del hotel entrando y saliendo. Se había fijado en Bartlett, pero no podía dar idea exacta de la hora en modo alguno.

Cuando salían del bar, les abordó un niño de unos nueve años de edad. Se puso a hablar muy de prisa, excitado.

—Oigan, ¿son ustedes detectives? Yo soy Peter Carmody. Fue mi abuelo, mister Jefferson, el que telefoneó a la policía lo de Ruby. ¿Son de Scotland Yard? ¿No les importará que yo les hable, verdad?

El coronel Melchett parecía a punto de contestar con brusquedad, pero intervino el superintendente Harper que habló con benignidad y cordialmente.

—No te preocupes, muchacho. Nos interesa, naturalmente.

—Ya lo creo que sí. ¿Le gustan las novelas policíacas? A mí, sí. Las leo todas. Y tengo el autógrafo de Dorothy Sayers, el de Agatha Christie, el de Dickinson Carr y el de H.C. Bailey. ¿Saldrá el asesinato en los periódicos?

—Ya lo creo que saldrá en los periódicos —respondió el superintendente enérgicamente.

—Es que voy a volver al colegio la semana que viene, ¿sabe? y les diré a todos que yo la conocía... que la conocía de verdad, muy bien.

—¿Qué opinabas de ella, eh?

Peter lo pensó.

—Pues, verá, no me era muy simpática. Yo creo que

era una muchacha bastante estúpida. Mamá y tío Mark tampoco sentían por ella mucha simpatía, sólo el abuelo. Y a propósito: mi abuelo quiere verlos. Edwards les anda buscando.

—¿Así que tu mamá y tu tío Mark no le tenían mucha simpatía a Ruby Keene? ¿Por qué? —murmuró Harper visiblemente interesado.

—Oh, no lo sé. Siempre andaba entrometiéndose. No les gustaba que el abuelo se preocupara tanto por ella y le tuviese tantas atenciones. Supongo —agregó Peter sonriente— que se alegrarán de que haya muerto.

Harper le miró pensativo.

—¿Les oíste tú... eh... decir eso? —preguntó.

—Eso exactamente, no; tío Mark dijo: «Bueno, por lo menos, esa es una solución»; mamá dijo: «Sí, pero una solución horrible»; y tío Mark respondió: «De acuerdo, pero no hay por qué ser hipócritas».

Los hombres se miraron. En aquel instante se acercó a ellos un hombre afeitado, bien vestido, con traje azul.

—Perdonen, señores. Soy el ayuda de cámara mister Jefferson. Está despierto ya y me ha mandado en busca de ustedes. Tiene muchas ganas de verlos.

Subieron de nuevo a la *suite* de Conway Jefferson. En la sala Adelaide Jefferson hablaba con un hombre alto, inquieto, que se paseaba nervioso por la habitación. Ella se volvió bruscamente para ver a los recién llegados.

—Ah, sí. Me alegro de que hayan venido. Mi suegro ha estado preguntando por ustedes. Está despierto, procuren mantenerlo tan tranquilo como sea posible, ¿quieren? No goza de muy buena salud. En realidad, es un milagro que esta impresión no le haya mandado al otro barrio.

—No tenía idea de que estuviera tan grave como usted dice —manifestó Harper.

—Ni él mismo lo sabe —contestó Mark Gaskell.

—Padece del corazón. El doctor le advirtió a Adelaide que procurara que no se excitase, evitándole cualquier sobresalto. Más o menos vino a decir eso, ¿verdad Addie?

Mistress Jefferson asintió con la cabeza.

—Es increíble que haya logrado reponerse de la manera que lo ha hecho —convino.

—El asesinato no es precisamente un incidente apaciguador —respondió con sequedad Melchett—. Tendremos todo el cuidado que nos sea posible.

Mientras hablaba, el coronel había estado estudiando a Mark Gaskell. No lo encontró muy simpático. Un rostro osado, sin escrúpulos, como el de un halcón. Uno de esos hombres que suelen salirse con la suya y a quienes las mujeres admiran. «Pero no es la clase de hombre de quien yo me fiaría. Un hombre sin escrúpulos, eso. He aquí la descripción exacta —pensó—. La clase de hombre capaz de todo...»

En la gran alcoba con vistas al mar, Conway Jefferson estaba sentado en un sillón de ruedas, junto a la ventana.

Tan pronto como se hallaba uno en su presencia, se

daba cuenta del poder y magnetismo que emanaba de aquel hombre. Era como si las heridas que le habían convertido en un inválido hubieran dado por resultado concentrar la vitalidad de aquel cuerpo mutilado en un foco más pequeño e intenso.

Tenía una hermosa cabeza; algunas canas empezaban a apuntar en su roja cabellera. El rostro era áspero y potente, muy atezado, y los ojos de un azul sorprendente. No se observaba en él huella alguna de enfermedad ni debilidad. Las profundas arrugas que surcaban su semblante eran huellas de sufrimiento, mas no de debilidad. Aquél era un hombre que jamás despotricaría contra la suerte, sino que la aceptaría y seguiría adelante hasta la victoria.

—Me alegro de que hayan venido —dijo. Su rápida mirada les examinó—. ¿Usted es Melchett, el jefe de la policía de Radfordshire? ¿No? ¿Y usted el superintendente Harper? Siéntense. Hay cigarrillos sobre la mesa.

Le dieron las gracias y se sentaron.

—Tengo entendido, mister Jefferson —dijo Melchett—, que tenía usted gran interés por la difunta.

Una rápida y retorcida sonrisa cruzó el arrugado rostro.

—Sí... ¡todos les habrán dicho eso! Bien, no es un secreto. ¿Qué les han contado mi familia?

Miró rápidamente de uno a otro al hacer la pregunta.

Fue Melchett quien respondió.

—Mistress Jefferson nos dijo muy poca cosa fuera de que la charla de la muchacha le divertía a usted y que era una especie de protegida suya. Sólo hemos hablado media docena de palabras con mister Gaskell.

Conway Jefferson sonrió.

—Addie es una mujer muy discreta, bendita sea. Mark probablemente hubiese hablado con mayor claridad. Creo, Melchett, que será mejor que le cuente algunas cosas detalladamente. Es importante para que comprenda usted mi actitud. Y, para empezar, es necesario que haga historia, volviendo a la gran tragedia de mi vida. Hace ocho años, perdí a mi mujer, a mi hijo y a mi hija en un accidente de aviación. Desde entonces he sido como un hombre que ha perdido la mitad de sí mismo... y no me refiero a mi estado físico, por cierto. Yo era hombre muy casero, muy amante de mi familia. Mi nuera y mi yerno han sido buenos conmigo. Han hecho todo lo posible por ocupar los lugares que dejaron vacantes los de mi propia sangre. Pero me he dado cuenta, sobre todo en estos últimos tiempos, que tienen, después de todo, sus propias vidas que vivir.

»Por tanto, han de comprender que esencialmente soy un hombre solitario. Me gustan los jóvenes, disfruto en su compañía. Una o dos veces he llegado a pensar en adoptar a algún muchacho o alguna muchacha. Durante el pasado mes me hice muy amigo de la criatura que ha muerto. Era natural... tan ingenua. Charlaba y charlaba de su vida y de su experiencia... del teatro, de sus viajes con algunas compañías de cómicos, de su vida con sus padres cuando era niña, en pensiones baratas. ¡Una vida tan distinta a la que yo he conocido! Sin quejarse jamás, sin encontrarla nunca miserable. Una muchacha natural, resignada trabajadora, sin mácula, encantadora. No una señora quizá, pero gracias a Dios, no era nada vulgar. ¡Qué palabra tan abominable!

»Cada día le cobré más afecto, y decidí, señores, adoptarla legalmente. Se convertiría, según la ley, en hija mía. Espero que eso explicará lo mucho que me preocupaba por ella y los pasos que di en cuanto me enteré de su inexplicable desaparición.

Hubo una pausa. Luego el superintendente Harper, cuya voz exenta de emoción quitaba a la pregunta toda posibilidad de ofender, inquirió:

—¿Me permite preguntarle qué dijeron a eso su nuera y su yerno?

—¿Qué podían decir? No les gustaría mucho, quizá —respondió Jefferson rápidamente—. Es la clase de cosas que despiertan prejuicios. Pero se portaron muy bien... sí, muy bien. No es como si dependieran de mí, como ustedes comprenderán. Cuando mi hijo Frank se casó, le doné inmediatamente la mitad de mi fortuna. Soy partidario de eso. No hay que dejar que los hijos aguarden a que uno haya muerto. Quieren el dinero cuando son jóvenes, no cuando han llegado a la edad madura. De igual manera, cuando mi hija Rosamund se empeñó en casarse con un hombre pobre, le asigné una importante cantidad de dinero que pasó a manos del marido al morir ella. Conque, como verán ustedes, eso simplificaba el asunto desde el punto de vista económico.

—Comprendo, mister Jefferson —dijo el superintendente. Se notaba, no obstante, cierta reserva en su tono. A Conway Jefferson no le pasó desapercibida.

—Pero, ¿no está usted de acuerdo?

—No soy quién para decirlo, mister Jefferson. Pero sé por experiencia que las familias no siempre proceden razonablemente.

—Es posible que tenga usted razón, superintendente. Pero ha de recordar que Mark y Addie no son en rigor familia mía. No nos unen lazos de sangre.

—Eso, claro, es muy distinto —reconoció Harper.

Durante unos minutos bailó la risa en los ojos de Conway Jefferson.

—¡Eso no quiere decir que no me creyeran un viejo imbécil! —exclamó—. Ésa sería la reacción de la mayoría de las personas. Pero no me sentía imbécil. Soy un buen psicólogo. Con un poco de educación y refinamiento. Ruby Keene hubiera podido ocupar un lugar en cualquier parte.

—Me temo que estamos siendo algo impertinentes y curiosos —dijo Melchett—, pero es importante que conozcamos todos los hechos. ¿Tenía la intención de cuidar del porvenir de la muchacha... es decir, asignarle una cantidad, pero no lo había hecho aún?

—Comprendo adónde quiere usted ir a parar —respondió Jefferson—. A la posibilidad de que alguien saliera beneficiado con la muerte de la muchacha. Pues no, nadie hubiera salido beneficiado. Las formalidades necesarias para adoptarla legalmente habían sido iniciadas, pero no estaban terminadas aún.

—Así, pues, ¿si a usted le sucediera algo...? —Melchett dejó la frase sin completar.

Conway Jefferson respondió en seguida.

—¡No es fácil que me suceda a mí nada! Estoy impedido, pero no soy un inválido. Aun cuando a los médicos les guste poner la cara muy larga y aconsejar que no cometa excesos... ¡Cometer excesos! ¡Soy más fuerte que un caballo! No obstante, no desconozco las fatalidades de la vida... ¡Dios Santo! ¡Razón tengo para conocerlas! El hombre más sano puede morir de repente, sobre todo en estos tiempos de accidentes en las carreteras. Pero he previsto ese caso. Hice un testamento hace diez días.

—¿Sí...?

El superintendente se inclinó hacia delante para no perderse ni un ápice.

—Dejé la cantidad de cincuenta mil libras esterlinas en fideicomiso para Ruby Keene hasta que cumpliera los veinticinco años, edad a la que debía serle entregado el capital.

Harper abrió unos ojos como naranjas. Lo propio hizo el coronel.

—Ésa es una suma muy elevada, mister Jefferson —dijo Harper casi con severidad.

—En estos tiempos, sí que lo es.

—¿Y se la legaba usted a una muchacha a la que sólo había conocido hacía algunas semanas?

Brilló la ira en sus ojos de vívido azul.

—¿Es preciso que repita tanto las cosas? No tengo familia consanguínea directa... ni sobrinos, ni sobrinas, ni primos lejanos siquiera. Hubiera podido dejárselo a la beneficencia. pero prefiero legárselo a una persona. —Rió—. ¡A la Cenicienta convertida en princesa en una noche! ¡Un padrino en lugar de una hada madrina! ¿Por qué no? El dinero es mío. Lo gané yo.

—¿Había algún otro legado?

—Uno pequeño para mi ayuda de cámara, Edwards... y el resto a Mark y a Addie por partes iguales.

—Perdone. ¿Ascendería a mucho este resto?

—Probablemente, no. Es difícil decirlo con exactitud, ya que los valores sufren alzas y bajas. La cantidad que representaría, después de pagar derechos reales y otras minucias sería probablemente entre cinco y diez mil libras esterlinas.

—Ya...

—Y no vaya usted a creer que les trataba mal. Como dije, hice un reparto de mis bienes al casarse mis hijos. Me quedé para mí, en realidad, una cantidad muy pequeña. Pero después... después de la tragedia, necesitaba algo para distraerme la imaginación. Me lancé a los negocios. En mi casa de Londres hice instalar una línea particular para poner en comunicación mi alcoba con mi despacho. Trabajé con tesón... me ayudaba a no pensar y me hizo adquirir el convencimiento de que mi... mi mutilación no me había vencido. Me apliqué al trabajo. —Su voz se hizo más profunda. Hablaba más para sí que para su auditorio—. Dios sabrá por qué sutil ironía todo lo que hice me salió bien. Tenía éxito con las especulaciones más arriesgadas. Si jugaba, me sonreía la fortuna. Todo lo que yo tocaba se convertía en oro. Supongo que ése fue el irónico destino escogido por la fatalidad para restablecer el equilibrio.

Los surcos de los sufrimientos volvieron a marcarse en su semblante.

—Como verán, la cantidad de dinero que le legaba a Ruby era indiscutiblemente mía y podía disponer de ella a mi antojo.

—Indudablemente, amigo mío —se apresuró a decir Melchett—. Eso no admite discusión.

—Me alegro —dijo Jefferson—. Ahora quiero hacer yo algunas preguntas a mi vez, si me permiten. Quiero saber más acerca de este terrible asunto. Lo único que sé es que ella... que la pequeña Ruby, fue hallada estrangulada en una casa a unas veinte millas de distancia de aquí.

—Exacto. En Gossington Hall.

Jefferson frunció el entrecejo.

—¿Gossington? Pero si es...

—La casa del coronel Bantry.

—¡Bantry! ¿Arthur Bantry? Pero ¡si yo le conozco! ¡A él y a su esposa los conocí en el extranjero, hace años! No sabía que vivían en esta parte del mundo. Pero si...

Se interrumpió. Harper aprovechó la pausa para intervenir.

—El coronel Bantry estuvo cenando aquí el martes de la semana pasada —declaró—. ¿No lo vio usted?

—¿El martes? ¿El martes? No. Regresamos tarde. Fuimos a Harden Head y cenamos por el camino al volver.

—¿Nunca le habló Ruby Keene de los Bantry? —le preguntó Melchett.

Jefferson negó con la cabeza.

—Jamás. No creo que los conociera. Estoy seguro de que no los conocía. No conocía a nadie más que a gente de teatro y personas así. —Hizo una pausa y luego preguntó bruscamente—: ¿Qué dice Bantry del asunto?

—No se lo explica. Asistió a una reunión de los conservadores anoche. El cadáver fue descubierto esta mañana, Dice que en su vida había visto a la muchacha.

Jefferson movió afirmativamente la cabeza.

—En verdad que parece fantástico.

Harper carraspeó.

—¿Tiene usted la menor idea de quién puede haber sido el culpable?

—¡Santo Dios! ¡Ojalá la tuviese! —Se le hincharon las venas de la frente—. ¡Es increíble, inimaginable! Yo hubiera dicho que no podía suceder, ¡de no haber realmente sucedido!

—¿No tenía la muchacha ningún amigo del pasado... ninguno que la rondara... o la amenazase?

—Estoy seguro de que no. Me lo hubiera dicho. Nunca tuvo novio. Me lo confesó ella misma.

«Sí. A ti te lo diría... —pensó Harper—. Sin embargo... ¡existe tal posibilidad!»

—Tal vez Josie —prosiguió Jefferson— sabría mejor que nadie si alguno la había rondado o molestado. ¿No puede acaso ayudarles?

—Dice que no.

Jefferson frunció el entrecejo.

—No puedo menos de creer —aseguró— que el crimen ése sea obra de un loco. La brutalidad del método empleado... el que hayan forzado la entrada de una casa de campo... todo el asunto es tan descabellado y sin sentido... Hay hombres así, hombres que parecen completamente cuerdos, pero que atraen con añagazas a muchachas, incluso a niños... para quitarles la vida después. Supongo que son crímenes de origen sexual en realidad.

—Ah, sí —dijo Harper—. Tales casos se dan, pero no tenemos noticias de que ande suelto por los alrededores ningún maníaco de ésos.

—He estado pasando revista a los distintos hombres a quienes he visto en compañía de Ruby —continuó Jefferson—. Huéspedes del hotel, gente de fuera... hombres con los que ella había bailado. Todos ellos parecen bastante inofensivos. Gente corriente. No tenía ningún amigo especial.

El rostro de Harper permaneció impasible, pero seguía notándose en sus ojos un brillo extraño, que Conway Jefferson no observó.

«Es muy posible —pensó—, que Ruby Keene haya tenido un amigo íntimo aun cuando Conway Jefferson no tuviese conocimiento de ello». Sin embargo, no dijo nada.

El jefe de la policía le dirigió una mirada interrogadora y luego se puso en pie.

—Gracias, mister Jefferson. Por ahora es cuanto necesitamos.

—¿Por favor —inquirió Jefferson—, me tendrán al corriente de los progresos que realicen ustedes?

—Sí, ciertamente. Permaneceremos en contacto con usted.

Los dos hombres salieron.

Conway Jefferson se recostó luego en su asiento. Cayeron sus párpados velando el feroz azul de sus ojos. Pareció de pronto un hombre muy cansado. Luego, al cabo de breves instantes, llamó:

—¿Edwards?

El ayuda de cámara salió inmediatamente de la habitación contigua. Edwards conocía a su dueño como nadie. Otros, aun los más allegados, sólo conocían su fuerza. Edwards conocía su debilidad. Había visto a Conway Jefferson cansado, desanimado, hastiado de la vida, derrotado momentáneamente por la aflicción y la soledad.

—¿Señor?

—Póngase en comunicación con sir Henry Clithering. Se encuentra en Melborne Abbas. Dígale de mi parte que venga aquí hoy si le es posible en lugar de mañana. Dígale que es urgente.

Capítulo IX

Cuando se hallaron fuera de la *suite* de Jefferson, el superintendente dijo:

—Bueno, ya tenemos un móvil.

—¡Hum! —murmuró Melchett—. Cincuenta mil libras esterlinas, ¿eh?

—Sí, señor. Han sido cometidos muchos asesinatos por mucho menos que eso.

—Sí, pero...

El coronel dejó sin terminar la frase.

Harper, sin embargo, le comprendió.

—¿No lo cree usted probable en este caso? Tampoco yo, si he de serle sincero. No obstante, hay que investigarlo.

—¡Naturalmente!

—Sí, tal como dice mister Jefferson, mister Gaskell y mistress Jefferson tienen cubiertas sus necesidades y perciben una buena renta, no es probable que se metieran a cometer un asesinato tan brutal —alegó Harper.

—En efecto. Será preciso investigar su situación económica, claro está. No puedo decir que me guste mucho el aspecto de Gaskell. Parece un hombre astuto y sin escrúpulos, pero de eso a que cometa un asesinato hay un abismo.

—Sí, sí, claro. Como digo, no creo probable que el culpable sea ninguno de los dos. Y por lo que nos dijo Josie, no veo yo cómo hubiera sido humanamente posible que cometieran el crimen. Ambos estuvieron jugando al bridge desde las once menos veinte hasta medianoche. No, en mi opinión debe haber otra posibilidad más admisible.

—¿Un pretendiente de Ruby Keene? —propuso Melchett.

—Justo. Algún joven disgustado... Fuera de sus cabales, quizás. Alguien, diría yo, a quien conociera antes de venir aquí. Ese plan de adopción, si llegó a sus oídos, acabaría trastornándolo. Vio que iba a perderla, que la iban a trasladar a una esfera completamente distinta, y se volvió loco y ciego de rabia. Consiguió que saliera a encontrarse con él anoche, regañó con ella, perdió la cabeza y le quitó la vida.

—¿Y cómo fue a parar a la biblioteca de Bantry?

—Creo que eso es factible. Se hallaba fuera, en su coche, pongo por ejemplo, con el cadáver. Recobró la cordura y se dio cuenta de lo que había hecho, y su primer pensamiento fue buscar la manera de deshacerse del cuerpo. Supongamos que se hallaran cerca de la verja de Gossington Hall en aquellos momentos. Se le ocurrió esa idea: si la encontraran allí, toda la investigación giraría en torno a la casa y jamás se le relacionaría a él con el asunto. Ruby abultaba y pesaba poco. No le costaría trabajo cargar con ella. Tenía un formón en el automóvil. Abrió con su ayuda una ventana y dejó el cadáver sobre la alfombra, delante de la chimenea. Tratándose de un estrangulamiento, no habría manchas de sangre en el coche que pudieran comprometerlo. ¿Comprende lo que quiero decir?

—Perfectamente, Harper. Todo ello es muy posible.

—Pero aún queda una cosa por hacer. *Cherchez l'homme.*

—¿Qué...? Ah, sí.

El superintendente Harper aplaudió con exquisito tacto el chiste de su superior, aunque, debido a la excelencia del acento francés del coronel, casi se le pasó por alto el significado de las palabras.

—Ah... o-oigan... Ah... ¿po-podría hablar con ustedes unos instantes?

Era George Bartlett quien había salido al encuentro de los dos hombres.

El coronel Melchett, a quien Bartlett resultaba muy poco atractivo y que tenía vivos deseos de saber cómo le había ido a Slack en el registro de la habitación de la muchacha y en el interrogatorio de las doncellas, preguntó con brusquedad:

—Bien. ¿Qué desea...?

Bartlett retrocedió un par de pasos abriendo y cerrando la boca, imitando inconscientemente las muecas de un pez encerrado en un acuario.

—Pues... ah... probablemente no será im-importante, ¿saben? Se me ocurrió que debía decírselo. Si quieren que les diga la verdad, no sé dónde está mi-mi coche.

—¿Cómo que no sabe dónde está?

Tartamudeando mucho, Bartlett explicó que lo que quería decir era que no podía encontrar su coche.

—¿Quiere decir con eso que se lo han robado? —le preguntó el superintendente.

George Bartlett se volvió, agradecido, hacia la voz más plácida de Harper.

—Pues eso, ¿sabe? Quiero decir... cualquiera sa-sabe, ¿verdad...? Quiero decir... a lo mejor se ha largado alguien en él sin malas intenciones, si usted me-me comprende.

—¿Cuando lo vio usted por última vez?

—Pues verá... Estaba intentando recordar. Tiene gracia lo difícil que resulta recordar las co-cosas, ¿verdad?

—No resulta difícil, creo yo, para las personas de inteligencia normal —aseguró Melchett con frialdad—. Entendí que me había dicho hace poco que el coche estaba en el patio del hotel anoche...

Bartlett fue lo bastante osado para interrumpir.

—Esa es la cuestión... ¿Estaba allí?

—¿Cómo que si estaba? Usted mismo lo declaró. ¿No lo recuerda?

—Verá... quise decir que creía que estaba. Quiero decir... bueno, yo no me asomé a comprobarlo, ¿comprende?

El coronel exhaló un suspiro. Hizo una llamada a toda su paciencia.

—Vamos a poner esto en claro de una vez. ¿Cuándo

fue la última vez que lo vio con sus propios ojos? ¿Comprende...? A propósito, ¿de qué marca es?

—Un Minoan Catorce.

—Y lo vio usted por última vez... ¿cuándo?

La nuez de George Bartlett bailó convulsivamente arriba y abajo de su garganta.

—He estado intentando pensar. Lo tuve antes de comer ayer. Pensaba dar un paseo en él por la tarde. Pero, sin saber por qué... ya sabe usted lo que o-ocu-rre... me quedé dormido. Luego, después del té, jugué un poco al tenis y todo eso, y me di un ba-baño a con-tinuación.

—¿Y el coche estaba entonces en el patio del hotel?

—Supongo que sí. Es decir... ahí era donde lo había dejado yo. Se me había ocurrido llevar a alguien a dar un paseo, ¿sabe? Después de cenar, quiero decir. Pero no era mi noche de suerte. No hubo nada qué hacer. Después de todo no saqué para nada el coche.

—Pero, que usted supiera —insistió el superinten-dente—, ¿el coche seguía en el patio?

—Pues claro, naturalmente. Quiero decir... yo lo había dejado allí, ¿sabe?

—¿Se hubiera usted dado cuenta si no hubiese es-tado allí?

—No lo creo —declaró Bartlett—. ¿Sabe? Entraban y salían la mar de coches y todo eso... Coches Minoan hay a montones.

El superintendente asintió con la cabeza. Acababa de echar una mirada casual por la ventana. En aquel momento había por lo menos ocho Minoan Catorce en el patio; era el coche barato más popular del año.

—¿No tiene usted la costumbre de guardar el automóvil por la noche? —quiso saber el coronel.

—No suelo hacerlo. Si hace buen tiempo, ¿para qué molestarse? ¡Es tan engorroso meterlo en el garaje!

El superintendente miró al coronel.

—Ya me reuniré con usted arriba, jefe —le dijo—. Voy a ver si encuentro al sargento Higgins para que se encargue de anotar los pormenores que le dé mister Bartlett.

—¡Bien, Harper!

Bartlett se mostraba ansioso.

—Pensé que era mi deber decírselo —concluyó—. Pudiera ser importante, ¿no?

Prestcott había proporcionado a su bailarina suplente cama y comida. Fuera la que fuera la manutención, la habitación era la más paupérrima que poseía el hotel.

Josephine Turner y Ruby Keene habían ocupado habitaciones en el fondo de un oscuro y miserable pasillo. Las habitaciones eran pequeñas, daban al norte, hacia una parte del acantilado situado detrás del hotel y estaban guarnecidas con restos de muebles que treinta años antes habían representado lujo y magnificencia en las mejores habitaciones. Ahora que el hotel había sido modernizado y las alcobas equipadas con roperos incrustados en la pared, los enormes armarios ochocentistas de roble y caoba habían sido transferidos a los cuartos ocupados por la servidumbre o alquilados a los huéspedes en plena estación veraniega, cuando todas las demás habitaciones del hotel estaban ocupadas.

Tal como vieron en seguida Melchett y Harper, el emplazamiento de la habitación de Ruby Keene era ideal para salir del hotel sin ser vista, pero particularmente incómoda desde el punto de vista de arrojar luz sobre las circunstancias de la salida.

Al final del corredor había una escalera pequeña que conducía a otro corredor igualmente oscuro de la planta baja. Allí había una puerta de cristales que daba a la terraza lateral del hotel, una terraza sin vistas y poco frecuentada. Se podía pasar de ella a la terraza principal de delante, o se podía bajar por un sendero serpenteante y salir a un camino que acababa desembocando más allá en la carretera del acantilado. Como su superficie era irregular, rara vez se usaba.

El inspector Slack había estado muy ocupado acosando a las doncellas y examinando la habitación de Ruby en busca de indicios. Había tenido la suerte de hallarla tal como la muchacha la dejara la noche antes.

Ruby no era madrugadora. Su rutina normal, según descubrió Slack, era dormir hasta las diez o diez y media, y luego tocar el timbre para que le subieran el desayuno. Por consiguiente, como Conway Jefferson había ido a protestar a la gerencia muy temprano, la policía había conseguido evitar que las doncellas hiciesen la habitación. No habían llegado a pasar por el pasillo siquiera. Las otras habitaciones que allí había sólo se abrían para quitar el polvo una vez a la semana en aquella época del año.

—Todo eso es una ventaja hasta donde alcanzan las pesquisas —explicó Slack con melancolía—. Significa que, si hubiera algo que encontrar, lo encontraríamos. Pero no hay nada.

La policía de Glenshire había examinado ya la habitación en busca de huellas dactilares, pero no habían hallado ninguna que no fuese posible identificar. Las de Ruby, las de Josie y las de las doncellas, una del turno de la mañana y otra del turno de la noche. También fueron halladas algunas huellas de Raymond Starr, pero su presencia la había justificado él al no presentarse Ruby a medianoche para el baile.

Había habido un montón de papeluchos en las gavetas de la mesa de caoba maciza del rincón. Slack acababa de clasificarlos cuidadosamente. Pero no había encontrado nada sugestivo. Facturas, recibos, programas de teatro, recortes de periódico, matrices de maquillaje, consejos de belleza arrancados de revistas... Entre las cartas había algunas de Lil, una amiga del *Palais de la Danse* al parecer, en la que ésta comentaba las habladurías del salón de baile. Decía: «Te echamos mucho de menos, Ruby. Mister Findelson pregunta por ti con frecuencia. ¡Está muy disgustado! El joven Reg hace la corte a May, ahora que te has marchado tú. Bantry pregunta por ti de vez en cuando. Las cosas marchan poco más o menos como de costumbre. El viejo gruñón sigue siendo tan roñoso como siempre con nosotras. Le soltó una bronca a Ada porque salía con un muchacho...»

Slack había anotado minuciosamente todos los nombres mencionados. Haría indagaciones y era posible que saliera a la luz alguna información útil. El coronel Melchett asintió a esto. Igualmente hizo el superintendente Harper, que se había reunido con ellos. Fuera de eso, poco había en la habitación que pudiera proporcionar indicios.

Echado sobre una silla en el centro de la habitación, estaba el espumoso vestido de baile rosado que usara Ruby a primera hora de la noche anterior, y unos zapatos de raso color de rosa y tacón alto tirados de cualquier manera en el suelo. Unas medias de seda natural habían sido tiradas al suelo hechas una bola. Una de ellas tenía una carrera.

Melchett recordó que el cadáver llevaba desnudas las piernas. Esto, según había descubierto Slack, era costumbre de Ruby. Solía pintarse las piernas en lugar de ponerse medias, y sólo las usaba alguna vez para bailar. Así ahorraba gastos. La puerta del armario estaba abierta, permitiendo ver varios chillones trajes de noche, así como una hilera de zapatos debajo. Había ropa interior sucia en un cesto, recortes de uñas, algodón especial para limpiar la cara, sucio, y otros trozos manchados de colorete y esmalte de uñas en el cesto de los papeles; total, nada fuera de lo corriente.

Los hechos parecían fáciles de deducir. Ruby Keene había subido apresuradamente, se había cambiado de ropa y luego salió a la calle...

Josephine Turner, que era de esperar conociese casi toda la vida y la mayor parte de las amistades de Ruby, no había podido ayudarles. Pero esto, como indicó el inspector, podía ser natural.

—Si lo que usted me dice es verdad, jefe, en lo que se

refiere a la adopción quiero decir, Josie sería partidaria de que Ruby rompiera con cuantos amigos pudiera tener para que no le estropeasen la combinación, como quien dice. Según yo lo veo, ese caballero inválido se entusiasma con Ruby Keene, creyéndola dulce, inocente e infantil. Supongamos ahora que Ruby tiene un amigo de armas tomar: eso no iría bien con el viejo. Josie no sabe gran cosa de la muchacha, después de todo, en lo que se refiere a sus amistades y todo eso. Pero hay una cosa que ella no consentiría de ninguna manera: que Ruby lo echara todo a perder manteniendo relaciones con un perdulario. Es lógico suponer que Ruby (¡buena pieza estaba hecha en mi opinión!) guardaría muy bien guardado el secreto de sus entrevistas con cualquier amigo de antaño. No le diría una palabra de ello a Josie para que ésta no le dijera: «Eso sí que no, amiguita». Pero ya sabe usted lo que son las muchachas, sobre todo las jóvenes. Siempre están dispuestas a hacer una tontería por un hombre de los que ellas llaman «muy machos». Ruby quiere verlo. Él baja aquí, se enfurece por lo de la adopción, y le retuerce el pescuezo.

—Supongo que tiene usted razón, Slack —dijo el coronel, disimulando la repugnancia que siempre le causaba la desagradable manera de explicar las cosas de Slack—. En tal caso, deberíamos conseguir averiguar la identidad del amigo ese sin gran dificultad.

—Déjelo usted de mi cuenta —dijo Slack con su confianza habitual—. Le echaré el guante a la Lil esa del *Palais de la Danse* y la volveré del revés. Pronto daremos con la verdad.

El coronel se preguntó si, en efecto, lo lograrían. La energía y actividad de Slack le hacían sentirse cansado.

—Hay otra persona que a lo mejor puede proporcionar algún dato, jefe —prosiguió el inspector—: Ese profesional del tenis y del baile. Tiene que haberla visto mucho, y sabría más que Josie. Es posible que se le soltara un poco la lengua a Ruby hablando con él.

—Ya he discutido ese punto con el superintendente Harper.

—Mejor, jefe. Yo he dado un repaso bastante completo a las camareras. No saben una palabra. Miraban con desprecio a la pareja, por lo que deduzco. Descuidaban el servicio todo lo que se atrevían. La camarera estuvo aquí la última vez a las siete de anoche, hora en que hizo la cama. Corrió las cortinas y limpió un poco. Hay un cuarto de baño al lado si quiere usted verlo.

El cuarto de baño se hallaba entre la habitación de Ruby y otra, un poco mayor, ocupada por Josie. No aclaró nada sobre el asunto. El coronel se maravilló en silencio ante la cantidad de productos de belleza que una mujer era capaz de usar. Hileras de tarros de cremas para el cutis, cremas para limpiar, pomadas nutritivas para la piel, cajas de polvos de distintos matices... una desordenada pila de barritas de carmín de todas clases, lociones del cabello y brillantinas, lápices para las cejas; por lo menos, una docena de matices distintos de esmalte para las uñas, paños para limpiar la cara; algodón, borlas sucias para empolvarse. Botellas de lociones, astringentes, tónicos...

—Pero, ¿es posible —murmuró con voz débil— que las mujeres usen todas esas cosas?

El inspector Slack, que siempre lo sabía todo, le explicó bondadosamente:

—En la vida privada, como quien dice, jefe, una dama adquiere uno o dos cosméticos distintos: uno para el día y otro para la noche. Saben lo que les va bien, y no se apartan de ello. Pero estas profesionales tienen que cambiarse a menudo. Dan bailes de exhibición, y una noche les toca un tango, otra un baile ochocentista con miriñaque, la siguiente una danza apache y, luego, bailes corrientes de salón. Claro está, el maquillaje no es el mismo para todos ellos.

—¡Santo Dios! —dijo el coronel—. No me extraña que la gente que fabrica estas cremas y porquerías se haga rica.

—Es dinero fácil —contestó Slack—. Dinero fácil. Tienen que gastar una parte en publicidad, claro está.

Melchett desterró de su mente el fascinador y eterno problema del adorno femenino.

—Aún queda el bailarín ese —le dijo a Harper, que acababa de reunirse con ellos—. ¿Se encarga usted de él, superintendente?

—Sí, señor. Supongo que sí.

Cuando bajaban la escalera, Harper preguntó:

—¿Qué le pareció el relato de Bartlett?

—¿Lo de su coche? Creo, Harper, que le conviene vigilar a ese joven. Es un poco sospechosa la historia. ¿Y si después de todo hubiera sacado a pasear a Ruby en automóvil anoche?

CAPÍTULO X

El superintendente Harper era un hombre lento, agradable y reservado. Los casos en que la policía de los dos condados tenía que colaborar eran siempre fáciles. El coronel Melchett le inspiraba simpatía y lo consideraba un jefe de policía muy capacitado. No obstante, se alegraba mucho de tener que encargarse de aquella entrevista él solo.

«No aprietes demasiado las clavijas de entrada», solía decir el superintendente. Un simple interrogatorio rutinario la primera vez. Así, los interrogados experimentaban alivio y ello les predisponía a estar menos en guardia cuando se celebraba otra entrevista.

Harper conocía ya de vista a Raymond Starr. Un magnífico mocetón, alto, ágil, bien parecido, dientes muy blancos en un rostro muy atezado. Era varonil y garboso. Tenía modales amistosos y agradables, y era muy conocido en el hotel.

—Me temo que no voy a poder ayudarle gran cosa, superintendente. Conocía a Ruby muy bien, claro está. Llevaba aquí ya más de un mes y habíamos ensayado nuestros bailes juntos y todo eso. Pero hay muy poco que decir en realidad. Era una muchacha muy atractiva, pero muy estúpida.

—Lo que más nos interesa es conocer sus amistades... sus amistades masculinas.

—Ya lo supongo. Bueno, pues yo no sé una palabra. Llevaba de cabeza a unos cuantos jóvenes del hotel, pero no había ninguno en particular. Y es que claro está, la familia Jefferson la acaparaba siempre.

—Sí, la familia Jefferson. —Harper hizo una pausa y meditó. Dirigió una perspicaz mirada al joven y le dijo—: ¿Qué opina usted de ese asunto, mister Starr?

—¿De qué asunto?

—¿Sabía usted que mister Jefferson tenía la intención de adoptar legalmente a Ruby Keene?

Esto pareció venirle de nuevas a Starr. Contrajo los labios y emitió un silbido de sorpresa.

—¡La muy pilla! Bueno, después de todo, no hay mayor loco que un loco viejo.

—¿Ésa es la impresión que le causa?

—¿Qué otra cosa puedo decir? Si el viejo quería adoptar a alguien, ¿por qué no escogió a una muchacha de su propio nivel social?

—¿No mencionó Ruby nunca ese asunto delante de usted?

—No. Sabía que estaba contenta por algo, pero no sabía de qué se trataba.

—¿Y Josie?

—Oh, yo creo que Josie debía saber lo que pasaba. Posiblemente debía haber sido ella quien lo proyectara todo. Josie no tiene un pelo de tonta. Tiene una cabeza muy despierta.

Harper asintió. Era Josie quien había mandado llamar a Ruby Keene. Josie, sin duda, fomentaría la intimidad.

No era de extrañar, pues, que se hubiera llevado un disgusto al no comparecer Ruby la noche anterior y darse cuenta de que Conway Jefferson empezaba a alarmarse. Temía que todos sus planes se malograran.

—¿Cree que Ruby era capaz de guardar un secreto?

—Tan bien como la mayoría. No hablaba gran cosa de sus asuntos particulares.

—¿Dijo alguna vez algo... cualquier cosa que fuera, acerca de un amigo suyo, alguien que perteneciera a su vida anterior y que iba a venir a verla aquí, o con quien hubiese tenido dificultades...? Comprenderá usted lo que quiero decir, sin duda.

—Comprendo perfectamente. Que yo sepa, no existe ninguna persona de esa clase. No le había oído decir nunca nada que lo hiciera suponer, por lo menos.

—Gracias. Y ahora, ¿tiene la amabilidad de contarme exactamente lo que sucedió anoche?

—Con mucho gusto. Ruby y yo hicimos nuestro número de baile a las diez y media...

—¿No notó usted en ella nada anormal entonces?

Raymond recapacitó.

—Creo que no. No me fijé en lo que ocurrió después. Tenía a mis propias parejas que atender. Lo que sí recuerdo es que no estaba en el salón de baile. A medianoche aún no había comparecido. Me molesté mucho y fui a ver a Josie. Ésta estaba jugando al bridge con los Jefferson. No tenía la menor idea de dónde se encontraba Ruby y creo que lo que le dije fue una sacudida para ella. Observé que le dirigía una rápida mirada llena de ansiedad a mister Jefferson. Conseguí de la orquesta que tocara otro bailable y fui al conserje a que telefoneara al cuarto de Ruby. No se obtuvo contestación. Volví al lado de Josie. Sugirió que a lo mejor estaría dormida. Fue una sugestión estúpida en realidad, pero la había hecho para que la oyeran los Jefferson, claro está. Se levantó de la mesa y dijo que subiríamos juntos a buscarla.

—Sí, mister Starr. ¿Y qué dijo cuando se encontró a solas con usted?

—Que yo recuerde, puso cara de furia y exclamó: «¡La muy idiota! No puede hacer estas cosas. Echará a perder todas sus posibilidades de éxito. ¿Con quién está? ¿Lo sabes?»

Tras una pausa prosiguió:

—Le dije que no tenía la menor idea. La última vez que la había visto estaba bailando con Bartlett. Josie entonces dijo:

»—No esta con él. ¿Qué puede estar haciendo? ¿No estará con el peliculero ése, verdad?

—¿Peliculero? —preguntó Harper con curiosidad—. ¿Quién es ése?

—No conozco su nombre —respondió Starr—. Nunca se ha alojado aquí. Es un hombre de aspecto poco usual... de cabello negro y aspecto teatral. Tiene algo que ver con la industria cinematográfica, según creo... o así se lo dijo a Ruby. Vino aquí una o dos veces y bailó con Ruby después, pero no creo que ella lo conociera bien ni mucho menos. Por eso quedé sorprendido cuando Josie lo mencionó. Le dije que no creía que hubiese estado aquí anoche. Josie dijo: «Bueno, pues tiene que haber salido con alguien. ¿Qué voy a decirles yo a los Jefferson ahora?» Le pregunté qué les importaba eso a los Jefferson, y Josie me respondió que sí que les importaba. Y dijo también que jamás se lo perdonaría a Ruby si lo echaba todo a perder.

»Habíamos llegado a la habitación de Ruby para entonces. No estaba allí, claro está, pero había estado, porque el vestido que había llevado puesto estaba tirado sobre una silla. Josie se asomó al ropero y dijo que le parecía que se había puesto su vestido blanco viejo. Normalmente se hubiera puesto un vestido de terciopelo negro para nuestro número de danza española. Yo ya estaba bastante furioso por entonces por la manera como me había fallado Ruby. Josie hizo todo lo posible por apaciguarme y dijo que bailaría para que Prestcott no se metiera con todos nosotros. Se marchó y se cambió de vestido y bailamos un tango... de estilo exagerado y muy vistoso, pero no demasiado duro, en realidad, por el tobillo. Josie fue bastante valiente... porque noté en seguida que le dolía al bailar. Después de eso me pidió que la ayudara a apaciguar a los Jefferson. Dijo que era importante. Conque, claro está, hice lo que pude.

El superintendente asintió con un movimiento de cabeza.

—Gracias, mister Starr.

«¡Ya lo creo que era importante! —pensó para sus adentros—. *¡Cincuenta mil libras esterlinas!*»

Observó a Raymond Starr mientras éste se alejaba. Bajó los escalones de la terraza, recogiendo una bolsa con pelotas de tenis y una raqueta por el camino. Mistress Jefferson, con una raqueta en la mano también, se reunió con él y ambos se dirigieron juntos al campo de tenis.

—Perdone, jefe.

El sargento Higgins, casi sin aliento, se detuvo al lado de Harper. El superintendente, al ser interrumpida la marcha de sus pensamientos con tanta brusquedad, pareció sobresaltarse.

—Acaba de llegar de jefatura un mensaje para usted, jefe. Un labriego denunció haber visto esta mañana un resplandor como de fuego. Hace media hora encontraron un automóvil incendiado en una cantera, en Venn's Quarry, a unas dos millas de aquí. Hay restos de un cuerpo carbonizado en el interior.

El semblante de Harper se congestionó.

—¿Qué pasa en Glenshire? ¿Una epidemia de crímenes? —Y agregó—: ¿Pudieron ver el número de la matrícula?

—No, señor, pero podemos identificarlo, naturalmente, por el número del motor. Creen que es un Minoan Catorce.

Capítulo XI

Sir Henry Clithering, al cruzar la antesala del hotel Majestic, apenas echó una mirada a sus ocupantes. Estaba preocupado. No obstante, como sucede a veces, notó algo inconscientemente, algo que se alojó en su subconsciente, aguardando la ocasión para manifestarse.

Sir Henry se preguntaba, al subir la escalera, qué sería lo que había motivado el urgente mensaje de su amigo. Conway Jefferson no era de la clase de hombres que llaman urgentemente a nadie, a no ser que algo fuera de lo corriente haya sucedido.

Jefferson no perdió tiempo andándose por las ramas.

—Me alegro de que hayas venido. Edwards, trae algo de beber para sir Henry. Siéntate, hombre. No habrás oído nada, supongo. ¿No dicen nada los periódicos todavía?

Sir Henry sacudió negativamente la cabeza. Pero su curiosidad se hizo evidente.

—¿Qué sucede?

—Un asesinato. Yo estoy complicado en el asunto. Y tus amigos los Bantry también.

—¿Arthur y Dolly Bantry? —exclamó Clithering con incredulidad.

—Sí. El cadáver fue hallado en su casa.

Jefferson relató los hechos concisamente y con claridad. Sir Henry le escuchó sin interrumpirlo. Ambos hombres estaban acostumbrados a hacerse cargo de lo esencial de una cosa inmediatamente. Sir Henry, durante su época de comisario de la Policía Metropolitana, había sido famoso por su facilidad de comprensión y su rapidez en reaccionar.

—Es un caso extraordinario —contestó, cuando hubo terminado el otro—. ¿Qué crees tú que pintan los Bantry en el asunto?

—Eso es lo que me preocupa. Se me antoja, Henry, que el hecho de que yo los conozca puede tener algo que ver con el asunto. Esa es la única relación que encuentro yo. Según tengo entendido, ninguno de los dos había visto a la muchacha antes. Eso es lo que dicen, y no hay motivo para no creerles. Es muy improbable que la conocieran. Por consiguiente, existe la posibilidad de que la muchacha fuera atraída con añagazas y que su cadáver fuera dejado con mala intención en casa de unos amigos míos.

—Me parece un poco cogido por los pelos —dijo Clithering.

—Sin embargo, es posible —insistió el otro.

—Sí, pero improbable. ¿Qué quieres que haga?

—Soy un inválido, Henry —dijo Jefferson con amargura—. Disimulo el hecho, me niego a enfrentarme con él, pero ahora no tengo más remedio que reconocerlo. No puedo ir de un lado a otro como quisiera, haciendo preguntas, investigando. Tengo que quedarme aquí y agradecer humildemente los fragmentos de información que la policía tenga a bien proporcionarme. Y, a propósito, ¿conoces por casualidad a Melchett, el jefe de la policía de Radfordshire?

—Sí, lo he visto en ciertas ocasiones.

Algo se agitó en la mente de sir Henry. El recuerdo de un rostro y una figura que había observado, sin ver, al cruzar el salón. Una anciana erguida, cuyo rostro le era conocido. Y guardaba relación con la última vez que viera a Melchett...

—¿Quieres decir con eso que deseas que haga de detective aficionado? No es ésa mi especialidad.

—Tú no eres un aficionado.

—Ni tampoco soy un profesional. Me he retirado.

—Eso simplifica el asunto.

—Quieres decir que, si aún estuviese en Scotland Yard, no podría entrometerme, ¿no es eso? Y tienes muchísima razón.

—Tu experiencia te da derecho a interesarte en el asunto, y cualquier cooperación que ofrecieras sería recibida con mucho agrado.

—La ética profesional me lo permitiría —admitió Clithering—, de acuerdo. Pero, ¿qué es lo que quieres exactamente, Conway? ¿Averiguar quién mató a esa muchacha?

—Eso precisamente.

—¿No tienes aún la menor idea de quién puede haber sido?

—No.

—Probablemente, no me creerás—dijo sir Henry,

muy despacio—, pero tienes a una persona experta en esclarecer misterios sentada abajo, en el salón en este instante. Alguien que es más hábil en eso que yo y que, probablemente, puede conocer algunos detalles locales.

—¿De quién estás hablando?

—Abajo, en el salón, junto a la tercera columna de la izquierda, hay sentada una anciana de rostro dulce, apacible, una solterona cuya mente ha sondeado las profundidades de la iniquidad humana. Se llama miss Marple. Procede del pueblo de Saint Mary Mead, que se encuentra a una milla y media de Gossington. Es amiga de los Bantry... y cuando de crímenes se trata, no tiene rival, Conway.

Jefferson le miró durante unos instantes, frunciendo el entrecejo.

—Estás bromeando.

—Te equivocas. Mencionaste a Melchett hace un momento. La última vez que vi a Melchett, había ocurrido una tragedia en el pueblo. Una muchacha que se había suicidado ahogándose. La policía sospechaba, con razón, que no se trataba de un suicidio, sino de un crimen. Creían saber quién era el autor. Entonces vino a verme miss Marple la mar de agitada. Tenía miedo, decía, de que fueran a ahorcar a una persona inocente. No tenía ella pruebas, pero sabía quién lo había hecho. Me entregó un pedazo de papel con un nombre escrito. ¡Y vive Dios, Jefferson, que tenía razón!

Conway Jefferson frunció aún más el entrecejo. Gruñó con incredulidad.

—Intuición femenina, supongo —murmuró en tono escéptico.

—No. Ella no lo llama así. Pretende que se trata de conocimientos especializados.

—¿Y qué significa eso?

—Nosotros también usamos eso en la policía, Conway. Se comete un robo y generalmente tenemos una idea bastante exacta de quién ha sido el autor... si pertenece a los delincuentes profesionales, claro está. Sabemos qué clase de ladrón obra de una manera determinada. Miss Marple posee una serie interesante, aunque ocasionalmente triviales, de sucesos paralelos. Sucesos análogos, los llama ella, y nosotros podríamos llamarlos semejanzas sacadas de la vida rural.

—¿Qué puede ella saber de una muchacha que se ha criado en un ambiente teatral y que probablemente jamás ha estado en un pueblo en su vida?—inquirió Jefferson con escepticismo.

—Creo —respondió Clithering con firmeza— que posiblemente tenga ya alguna idea formada sobre el caso que nos ocupa.

Miss Marple se ruborizó de placer al ver que sir Henry Clithering se acercaba a ella.

—Oh, sir Henry, es una verdadera suerte encontrarle a usted aquí.

—Para mí es un gran placer —dijo él galantemente.

—Es usted muy amable —murmuró la anciana, sonrojándose.

—¿Está usted hospedada aquí?

—Si quiere que le diga la verdad, sí que estamos hospedadas aquí las dos.

—¿Las dos?

—Mistress Bantry está aquí también —le miró vivamente—. ¿Ha oído la noticia? Sí, ya veo que sí. Es terrible, ¿verdad?

—¿Qué hace Dolly Bantry aquí? ¿Está su marido también?

—No, como es natural. Cada uno de ellos reaccionó de una manera distinta. El coronel Bantry, pobre hombre, se encierra en el estudio o se marcha a una de las granjas en cuanto ocurre algo así. Como las tortugas ¿sabe? Meten la cabeza dentro del caparazón y esperan que nadie se fijará en ellas. Dolly, claro, es completamente distinta.

—Es más —dijo sin Henry, que conocía bastante bien a su amiga—, seguro que Dolly se está divirtiendo, ¿verdad?

—Pues... ah... sí, pobrecilla.

—¿Y la ha traído a usted para que haga los milagros?

Miss Marple no se inmutó.

—A Dolly le pareció que un cambio de aires le iría bien y no quería venir aquí sola. —Su mirada se cruzó con la suya y en sus ojos bailó la risa—. Pero, claro está, la interpretación que da usted a su proceder es rigurosamente exacta. Es un poco embarazoso para mí porque, claro está, yo no sirvo para nada.

—¿No tiene formada ninguna idea? ¿No le sugiere alguna evidencia analógica?

—No estoy muy enterada del asunto todavía.

—Creo que puedo remediarlo. Voy a necesitar su ayuda, miss Marple.

Le describió brevemente el curso de los acontecimientos. Miss Marple le escuchó con interés.

—¡Pobre mister Jefferson! —dijo—. ¡Qué historia más triste! Esos accidentes, tan terribles... Dejarle a él vivo, sin piernas, parece más cruel que haber muerto.

—En efecto. Por eso le admiran tanto sus amigos... por la firmeza con que ha seguido adelante, venciendo al dolor moral y físico y sobreponiéndose a su estado.

—Sí, es magnífico.

—La única cosa que no puedo comprender es su repentino afecto por la muchacha. Es posible, claro, que tuviese cualidades notables.

—Lo más probable es que no —dijo miss Marple, con placidez.

—¿Usted no lo cree?

—No creo que sus cualidades tuvieran nada que ver con sus razonamientos.

—La advierto a usted que no se trata de un viejo degenerado.

—¡Oh, no, no! —miss Marple se puso como la grana de colorada—. Yo no insinuaba tal cosa, ni por asomo. Lo que intentaba decir, expresándome muy mal, ya lo sé, era que andaba buscando una muchacha inteligente y simpática para que ocupara el lugar de su difunta hija...

»Y esa muchacha vio la oportunidad que se le presentaba y quiso aprovecharla, poniendo en ello sus cinco sentidos. Eso parece muy poco caritativo, ya lo sé, pero ¡he visto tantos casos así! La criada de mister Harbottle, por ejemplo. Una muchacha muy corriente, pero callada y con buenos modales. La hermana de mister Harbottle tuvo que ausentarse para cuidar a un pariente moribundo y, a su regreso, encontró a la criada completamente fuera del lugar que le correspondía: sentada en la sala, hablando y riendo, y sin llevar su gorrito ni su delantal. Miss Harbottle le habló con bastante brusquedad y la muchacha se mostró impertinente. Y luego el viejo mister Harbottle la dejó completamente estupefacta porque le dijo que opinaba que ella —su hermana— ya le había administrado la casa bastante tiempo y que había decidido cambiar de administradora.

»¡Lo que se escandalizó el pueblo! Pero la pobre miss Harbottle tuvo que irse a vivir a unas habitaciones incomodísimas en Eastbourne. La gente dijo cosas, claro está, pero no creo que hubiese intimidad de ninguna clase... Sólo era que el viejo encontró mucho más agradable tener a una muchacha joven y alegre que le dijese cuán inteligente y divertido era, que a una hermana que le andaba señalando continuamente sus defectos, aun cuando fuera una buena administradora.

Hubo un momento de pausa, luego prosiguió.

—Y luego tenemos a mister Badger, propietario de la droguería. Colmó de atenciones a la joven que trabajaba en su sección de objetos de tocador. Le dijo a su esposa que tenían que considerarla como hija suya y traerla a vivir con ellos a su casa. Mistress Badger no era de la misma opinión ni mucho menos.

—Si se hubiera tratado de una muchacha de su propio nivel social —opinó sir Henry—, la hija de un amigo...

La anciana le interrumpió:

—Oh, es que eso no hubiera sido, ni con mucho, tan satisfactorio desde su punto de vista. Es como el caso del rey Cophetua y la pordiosera*. Si uno es un anciano que se siente muy solo y muy cansado y si, además, la propia familia de uno le ha estado descuidando... —Hizo una breve pausa—... Bueno, pues el proteger a alguien que queda abrumado por la magnificencia y la munificencia de uno, esto es expresarlo con cierto dramatismo, pero espero que comprenderá usted lo que quiero decir, bueno, pues eso es mucho más interesante. Le hace a uno sentirse una persona mucho más grande... ¡un monarca bienhechor! Es más probable que quede deslumbrado el objeto de tal munificencia, y eso, claro está, le proporciona a uno una sensación agradable.

»Mister Badger le compró a su dependienta unos regalos verdaderamente fantásticos, ¿sabe? Una pulsera de diamantes y un tocadiscos muy caro. Retiró del banco muchos de sus ahorros para hacerlo. Sin embargo, mistress Badger, que era una mujer mucho más astuta que miss Harbottle (el matrimonio, claro está, ayuda), se tomó la molestia de averiguar unas cuantas cosas. Y cuando mister Badger supo que la muchacha tenía relaciones con un joven muy indeseable que tenía algo que ver con hipódromos, y que había empeñado la pulsera para darle el dinero a él... bueno, se asqueó y la cosa pasó sin mayores. Y le re-

---

* Rey legendario de Africa, que se enamoró y casó con una pordiosera. *(N. del T.)*

galó a mistress Badger un anillo de brillantes por Navidad.

Los ojos agradables y perspicaces de miss Marple se clavaron en los de sir Henry. Éste se preguntó si lo que la anciana había dicho debía tomarse como indirecta.

—¿Está sugiriendo, acaso, que de haber habido algún hombre en la vida de Ruby Keene la actitud de mi amigo hacia ella hubiera podido cambiar?

—Es muy probable que sí. A lo mejor, dentro de un año o dos, habría querido casarse con ella... aunque lo más probable es que no. Los caballeros son, generalmente, bastante egoístas. Pero desde luego creo que, si Ruby Keene tenía novio, guardaba celosamente el secreto.

—¿Cree que el novio podía haberse mostrado resentido por su actitud?

—Supongo que ésa es la solución más plausible, ¿sabe, sir Henry? Se me antojó que su prima, la joven que estuvo en Gossington esta mañana, parecía estar verdaderamente furiosa con la muerta. Lo que usted me ha contado explica el porqué. Sin duda tenía la esperanza de sacar una buena tajada del asunto.

—Es decir, que la considera usted una joven sin sentimientos, ¿no es eso?

—Tal vez sea éste un juicio demasiado severo —manifestó miss Marple—. La pobre muchacha había tenido que ganarse la vida y no puede usted pedirle que se muestre sentimental nada más que porque una mujer y un hombre que se hallan en buena posición, según me ha dicho usted es el caso de mistress Jefferson y mister Gaskell, van a verse privados de otra importante cantidad de dinero a la que, en realidad, no tienen el menor derecho moral. Yo diría que miss Turner es una joven perspicaz, ambiciosa, de buen genio y con una considerable *joie de vivre*. Algo como Jessie Golden, la hija del panadero.

—¿Qué le ocurrió a ella? —preguntó intrigado, sir Henry.

—Se hizo institutriz y se casó con el hijo de su amo, que había vuelto de la India a casa con permiso. Creo que fue una buena esposa para él.

Sir Henry procuró librarse de las redes de tan fascinantes derivaciones del asunto.

—¿Cree usted que existe algún motivo para que mi amigo Conway Jefferson haya adquirido, de pronto, ese complejo de Cophetua, si es que le gusta a usted darle ese nombre?

—Pudiera existir.

—¿En qué sentido?

—Se me ocurre...—dijo miss Marple, vacilando un poco—, no es más que una idea, claro está... que su yerno y su nuera pudieran haber querido casarse otra vez.

—No creo que él se hubiese opuesto.

—Oh, ¿oponerse?, no. Pero, claro, hay que mirarlo desde el punto de vista suyo. Sufrió un golpe muy rudo y una pérdida muy grande... y ellos también. Las tres personas afligidas viven juntas y el eslabón de unión entre ellas es la pérdida que todas ellas han sufrido. Pero el tiempo, como solía decir mi querida madre, es una gran medicina que todo lo cura. Mister

Gaskell y mistress Jefferson son jóvenes, Sin darse cuenta de ellos mismos, pueden haber empezado a experimentar desasosiego, a mirar con resentimiento los lazos que les unen a su pasado dolor. Teniendo tales sentimientos, mister Jefferson se daría cuenta de una repentina falta de simpatía por parte de su nuera y de su yerno, sin conocer la causa. Suele suceder por lo general. Los caballeros se sienten abandonados tan fácilmente... Con mister Harbottle, fue el hecho de que miss Harbottle se ausentara. Con mister Badger obedeció a que su esposa se interesaba en demasía por el espiritismo y andaba siempre de sesión en sesión.

—He de confesar —dijo sir Henry con aire compungido— que me hace muy poca gracia la manera cómo nos reduce usted a todos a un común denominador.

Miss Marple sacudió la cabeza con profunda tristeza.

—La naturaleza humana es poco más o menos la mismo en cualquier parte, sir Henry.

—¡Mister Harbottle! ¡Mister Badger! ¡Y el pobre Conway! —exclamó con evidente enfado—. No me gusta introducir una nota personal. Pero, ¿tiene usted alguno de sus... paralelismos que encaje con mi humilde persona en su pueblo?

—Verá... tenemos a Briggs, claro.

—¿Quién es Briggs?

—Era el jardinero mayor de Old Hall. Sin duda el mejor que jamás tuvimos. Conocía exactamente cuándo hacían el vago los demás jardineros... y ¡era verdaderamente asombroso! Se las arreglaba con sólo tres hombres y un niño, y los jardines estaban más cuidados que cuando los jardineros eran seis, Y ganó varios primeros premios con sus guisantes de olor. Se ha retirado ya.

—Como yo —dijo sir Henry.

—Pero aún hace algún trabajo a destajo... si le cae bien quien lo contrata.

—¡Ah! —murmuró Clithering—. Como yo también. Eso es lo que estoy haciendo ahora... un trabajo a destajo, pero sin remuneración... para ayudar a un viejo amigo.

—Dos viejos amigos.

—¿Dos? —sir Henry la miró, francamente interesado.

—Supongo que usted se refiere a mister Jefferson —aclaró miss Marple—. Pero yo no estaba pensando en él. Pensaba en el coronel y en mistress Bantry.

—Sí... sí... comprendo —admitió con brusquedad—. ¿Fue por eso por lo que usted llamó a Dolly Bantry «pobrecilla» en las primeras palabras de nuestra conversación?

—Sí. Aún no ha empezado a darse cuenta de las cosas. Yo lo sé porque he tenido más experiencia. Y es que se me antoja, sir Henry, que existen grandes probabilidades de que este crimen sea uno de esos a los que jamás se encuentra solución. Como el de los asesinatos de Brighton. Si eso ocurre, será desastroso para los Bantry con toda seguridad. El coronel, como casi todos los militares retirados, es un quisquilloso empedernido. Y reacciona muy aprisa ante la opinión pública. No lo notará al principio, pero luego empezará a darse cuenta. Un desaire aquí, un desprecio allá, invitaciones rechazadas, excusas fútiles... y entonces, poco a poco, caerá en la cuenta y se encerrará dentro de su caparazón y se tornará terriblemente morboso y desgraciado.

—Puedo asegurarle de que la comprendo muy bien, miss Marple. ¿Quiere decir que, porque el cadáver fue hallado en su casa, la gente creerá que él tuvo algo que ver en el asunto?

—¡Claro que lo creerán! Y lo dirán con mayor frecuencia y convicción a medida que pase el tiempo. Y volverán la espalda a los Bantry y rehuirán todo encuentro con ellos. Por eso es necesario que se averigüe la verdad y ése es el motivo de que me mostrara dispuesta a acompañar a mistress Bantry aquí. Una acusación abierta es algo monstruoso... pero le es muy fácil a un viejo soldado hacerle frente. Se indigna y tiene oportunidad de luchar. Pero las murmuraciones lo quebrantarán... quebrantarán a los dos. Por tanto, como comprenderá usted, sir Henry, no tenemos más remedio que descubrir la verdad.

—¿Tiene alguna idea que explique por qué había de encontrarse el cadáver en su casa? Tiene que haber algo que explique eso... alguna relación.

—Oh, claro.

—A la muchacha se la vio aquí por última vez a eso de las once menos veinte. A medianoche, según afirmación del forense, ya estaba muerta. Gossington está a unas dieciocho millas de aquí. Hay una buena carretera en las primeras dieciséis millas, hasta que uno se desvía por otra secundaria. Un coche potente podría recorrer la distancia en menos de media hora. Casi cualquier coche podría correr a un promedio de treinta y cinco millas por hora. Pero no acabo de comprender por qué había de matarla nadie aquí y llevar luego su cadáver a Gossington, o llevarla a Gossington y estrangularla allí.

—Caro que no lo comprende, porque eso no sucedió.

—¿Quiere decir con eso que fue estrangulada por alguno que la llevó en un coche, y que luego decidió meterla, cuanto antes, en la primera casa a propósito que encontrara?

—No quiero decir eso ni nada que se le parezca. Yo creo que se preparó muy minuciosamente un plan. Lo que sucedió fue que el plan se malogró.

—¿Por qué se malogró el plan? —Sir Henry la miró fijamente.

Miss Marple murmuró algo, como quien se excusa:

—Ocurren unas cosas tan raras, ¿verdad? Si yo dijera que este plan salió mal porque los seres humanos son mucho más vulnerables y sensitivos de lo que vulgarmente se supone, no parecería eso muy sensato, ¿verdad? Pero eso es lo que yo creo, y... —Se interrumpió—. Aquí viene mistress Bantry.

Capítulo XII

Mistress Bantry iba acompañada de Adelaide Jefferson.

—¿Usted? —exclamó mistress Bantry al ver acercarse a sir Henry.

—Yo, en persona. —Tomó las dos manos de la dama y las oprimió con cordialidad—. No sabe usted lo mucho que siento todo esto, mistress B.

—¡No me llame mistress B! —dijo espontáneamente la mujer—. Arthur no está aquí —prosiguió—. Está tomando las cosas muy a pecho. Miss Marple y yo hemos venido aquí a hacer de sabuesos. ¿Conoce a mistress Jefferson?

—Sí, naturalmente. —Le estrechó la mano.

—¿Ha visto a mi suegro? —preguntó Adelaide.

—Sí.

—Me alegro. Nos tiene bastante preocupados. Fue un rudo golpe para él.

—Salgamos a la terraza —sugirió mistress Bantry—. Beberemos algo y discutiremos el asunto.

Salieron los cuatro y se reunieron con Mark Gaskell, que estaba en un extremo de la terraza.

Tras unos cuantos comentarios sueltos, y después de que les sirvieran de beber, mistress Bantry se lanzó derecha al asunto con su acostumbrado celo.

—Podemos hablar de ello, ¿no? —dijo—. Quiero decir... todos somos viejos amigos... menos miss Marple, y ella conoce ya todo lo relacionado con el crimen. Y quiere ayudar.

Mark Gaskell miró a la anciana algo inquieto.

—Ah... ¿No escribe usted novelas policíacas? —preguntó dubitativo.

Sabía que la gente de quien menos uno hubiera supuesto escribía novelas policíacas. Y miss Marple, con su vestido de solterona anticuada, parecía cualquier cosa menos una novelista de ese género.

—Oh, no, no soy lo bastante inteligente para eso.

—Es maravillosa —aseguró mistress Bantry, impaciente—. Ahora no puedo entretenerme a dar explicaciones. Pero dime Addie, quiero saberlo todo. ¿Cómo era esa muchacha en realidad?

—Verá...

Adelaide Jefferson hizo una pausa, miró a Mark y medio rió.

—Pregunta las cosas tan... directamente —declaró.

—¿Le era a usted simpática?

—No, claro que no.

—¿Cómo era en realidad? —inquirió mistress Bantry, dirigiendo su pregunta a Gaskell esta vez.

—Una vulgar sacacuartos —afirmó deliberadamente—. Y se sabía el papel. Le tenía echado el gancho a Jeff.

«¡Qué hombre más indiscreto! —pensó sir Henry,

mirando a Mark con acritud—. No debería hablar tan claro. —Nunca había mirado con aprobación a Mark Gaskell—. Es atractivo, pero no puede uno fiarse de él... habla demasiado, y es a veces jactancioso. No, no puede uno fiarse del todo de él. A veces me pregunto si no opina Conway lo mismo».

—Pero, ¿no pudieron ustedes hacer algo? —exigió mistress Bantry.

—Tal vez —respondió Mark con sequedad— si nos hubiéramos dado cuenta a tiempo. Tal vez...

Le dirigió una mirada a Adelaide y ésta se ruborizó levemente. Había habido reproche en su mirada.

—Mark cree que yo debiera haberme dado cuenta de lo que iba a pasar.

—Dejabas al viejo demasiado tiempo, Addie, con tus lecciones de tenis y todo eso.

—Algún ejercicio tenía que hacer —contestó ella—. Sea como fuere, jamás imaginé...

—No —dijo Mark—, ninguno de los dos lo imaginamos jamás. Jeff ha sido siempre un hombre tan sensato y tan equilibrado...

Miss Marple aportó su contribución.

—Los caballeros —dijo, con su costumbre de solterona de hablar del sexo opuesto como si se tratara de una especie de animales salvajes— son con frecuencia menos equilibrados de lo que parecen.

—Estoy de acuerdo con usted —dijo Mark—. Por desgracia, miss Marple, no nos dimos cuenta de eso. No acabábamos de comprender qué era lo que el viejo encontraba en aquella meretriz insípida y fullera. Pero nos complacía que se sintiera feliz y estuviese distraído. Creíamos que no había mal en ello. ¡Que no había mal! ¡Lástima que no le hubiese retorcido yo el cuello!

—¡Mark —bufó Addie—, debes tener más cuidado con lo que dices!

—Supongo que sí. De lo contrario, la gente va a creer que le retorcí el cuello de verdad. Bueno, supongo que se sospecha de mí de todas formas. Si alguien tenía algún interés en ver muerta a esa muchacha, ese alguien éramos Addie y yo.

—¡Mark! —exclamó mistress Jefferson, medio riendo, medio enfadada—. ¡Por favor!

—Bueno, bueno... —dijo Mark Gaskell, pacíficamente—. Pero a mí me gusta decir lo que siento. Nuestro estimado suegro pensaba asignarle a esa mátalas callando sin seso cincuenta mil libras esterlinas.

—¡Mark! ¡Por favor! ¡No olvides que ha muerto! ¡Respétala!

—Ha muerto, ¡pobre chica! Y, después de todo, ¿por qué no había de usar las armas que le dio la naturaleza? ¿Quién soy yo para emitir juicios? También yo he hecho muchas cosas sucias en mi vida. No, digamos más bien que Ruby tenía perfecto derecho a conspirar y que nosotros fuimos unos imbéciles por no habernos dado cuenta de sus propósitos antes.

—¿Qué dijeron ustedes —intervino sir Henry— cuando Conway les anunció que tenía la intención de adoptar a la muchacha?

Mark extendió las manos con gesto de impotencia y resignación.

—¿Qué podíamos decir? Addie, siempre en su tono de gran señora, supo dominar sus sentimientos admirablemente. Puso al mal tiempo, buena cara. Yo procuré seguir su ejemplo.

—Yo hubiera armado jaleo —aseguró mistress Bantry.

—Bueno, es que, hablando con franqueza, no teníamos el menor derecho a armar jaleo. El dinero era de Jeff. No éramos de su sangre. Siempre había sido muy bueno con nosotros. No había más remedio que tragarse la medicina. —Y agregó pensativo—: Pero no amábamos a la pequeña Ruby.

—Si hubiera sido otra clase de muchacha... —observó mistress Jefferson—. Pero Jeff tenía dos ahijados. Si se hubiese tratado de uno de ellos..... bueno, yo lo hubiera comprendido —agregó con algo de resentimiento—: Y Jeff siempre ha parecido querer tanto a Peter...

—Claro está —dijo mistress Bantry— que siempre he sabido que Peter era hijo de su primer marido... pero lo había olvidado. Siempre he pensado en él como nieto de mister Jefferson.

—Y yo también —dijo Adelaide.

Y había en su voz un tono que hizo que miss Marple se volviera en su asiento para mirarla.

—La culpa la tiene Josie —dijo Mark—. Fue ella quien la trajo aquí.

—Supongo que no creerás —dijo Adelaide— que lo hizo deliberadamente, ¿verdad? ¡Si siempre te ha sido muy simpática Josie!

—Sí, sí que la encontraba simpática. Me parecía una buena persona.

—Fue pura casualidad que trajera a la muchacha.

—Josie tiene muy buena cabeza, hija mía.

—Sí, pero no podía prever...

—No —repuso Mark—, no podía preverlo, lo reconozco. No es que le acuse de haber preparado todo el asunto en realidad. Pero estoy seguro de que se dio cuenta de lo que estaba ocurriendo mucho antes que nosotros y que, sin embargo, se lo calló.

—Supongo —objetó Adelaide suspirando— que una no puede criticarla con tanto rigor.

—¡Oh, no podemos culpar de nada a nadie!

—¿Era muy linda Ruby Keene? —inquirió mistress Bantry.

Mark la miró con sorpresa.

—Creí que la conocía.

—Oh, sí —dijo apresuradamente—, la vi... vi su cadáver. Pero la habían estrangulado y no se podía adivinar...

Se estremeció.

—En mi opinión no era muy bonita —dijo Mark pensativamente—. Desde luego, no lo hubiera sido sin maquillaje. Una cara delgada, de hurón, poca barbilla, dientes que parecían escapársele garganta abajo, una nariz estrambótica...

—Parece algo repulsivo —dijo mistress Bantry.

—Pues ella no lo era, como he dicho. Con la ayuda del maquillaje, conseguía dar la sensación de ser bonita. ¿No opinas tú igual, Addie?

—Sí, y eso que se dejaba una cara estampada como una bombonera. Pero tenía unos bonitos ojos azules.

—Sí, una mirada ingenua de crío —corroboró Mark—, y las pestañas muy embadurnadas de negro hacían resaltar su azul. Tenía el cabello teñido de rubio, claro está. Es cierto, ahora que lo pienso... un colorido artificial por lo menos, tenía cierto parecido espurio con Rosamund... mi difunta esposa, ¿saben? Seguramente sería eso lo que primero atrajo al viejo. —Suspiró—. Bueno, es un mal asunto. Lo terrible del caso es que Addie y yo no podemos menos que alegrarnos de que esté muerta...

Ahogó una protesta de su cuñada.

—Es inútil, Addie. Sé lo que sientes y yo siento lo mismo. Y ¡no pienso fingir! Pero, al propio tiempo, sí entienden lo que quiero decir, estoy la mar de preocupado por Jeff. El golpe ha sido rudo para él. Lo ha tomado muy a pecho. Yo...

Calló y miró hacia las puertas que conducían del salón a la terraza.

—¡Vaya, vaya... mira quién está ahí! ¡Qué mujer más poco escrupulosa eres, Addie!

Mistress Jefferson miró por encima del hombro, soltó una exclamación y se puso en pie con las mejillas levemente encendidas. Cruzó rápidamente la terraza y se acercó a un hombre alto, de edad madura y cara delgada, morena, que miraba con incertidumbre a su alrededor.

—¿No es ése Hugo McLean? —preguntó mistress Bantry.

—Hugo McLean, en efecto, alias William Dobbin —contestó Mark Gaskell—. El mismo.

—Es muy fiel —murmuró mistress Bantry—, ¿verdad?

—De una fidelidad perruna —contestó Mark—.

Addie no tiene más que silbar y Hugo, desde cualquier parte del globo terráqueo, acude al trote. Siempre tiene la esperanza de que algún día se casará con él. Y probablemente lo hará.

Miss Marple les miró con cara radiante.

—Comprendo —declaró—. ¿Un amor romántico?

—Como los buenos de antaño —le aseguró Gaskell—. Dura años ya. Addie es una mujer así. Supongo que le telefonearía esta mañana. No me había dicho nada.

Edwards cruzó discretamente la terraza y se detuvo junto a Mark.

—Perdone, señor. Mister Jefferson desearía que subiese usted.

—Iré inmediatamente —respondió el hombre, poniéndose en pie de un brinco.

Se despidió de los otros con un movimiento de cabeza.

—Hasta luego —dijo, y se fue.

Sir Henry se inclinó respetuosamente hacia miss Marple.

—Bien —le preguntó—. ¿Qué opina usted de los principales beneficiados por el crimen?

Miss Marple respondió, pensativa, mirando a Adelaide Jefferson mientras que ésta hablaba con su viejo amigo.

—Yo diría que es una madre muy amante, ¿sabe?

—Sí que lo es —aseguró mistress Bantry—. Idolatra a Peter.

—Es la clase de mujer a quien todo el mundo quiere. La clase de mujer que podría casarse una y otra vez. No quiero decir que sea mujer de un hombre... eso es completamente distinto.

—Ya sé lo que quiere decir —dijo sir Henry.

—Lo que quieren decir los dos —intervino mistress Bantry— es que sabe escuchar.

Sir Henry rió.

—¿Y Mark Gaskell? —aventuró sir Henry.

—¡Ah! —dijo miss Marple—, él es un hombre astuto.

—Paralelismo, por favor.

—Mister Cargill, contratista de obras, enredó a mucha gente convenciéndola de que debían hacer ciertas reformas en su casa con las que jamás habían soñado. ¡Y cómo supo cobrárselas! Pero siempre conseguía justificar sus cuentas con excusas plausibles. Un hombre astuto. Se casó con una mujer de dinero. Lo mismo hizo mister Gaskell, según tengo entendido.

—Le quiere usted poco.

—Todo lo contrario. Le querrían la mayoría de las mujeres. Pero a mí no me engaña. Es una persona muy atractiva en mi opinión. Aunque algo imprudente, quizá, por hablar tanto como habla.

—Imprudente es la palabra —asintió sir Henry—. Mark puede meterse en un buen lío como no ande con cuidado.

Un joven alto, moreno, vestido de blanco, subió los escalones de la terraza y se detuvo un instante observando a Adelaide Jefferson y a Hugo McLean.

—Y ése —dijo sir Henry— es mister X, a quien podemos describir como parte interesada. Es el profesional del tenis y del baile: Raymond Starr, pareja de Ruby Keene.

Miss Marple le miró con interés.

—Es muy bien parecido, ¿verdad? —dijo.

—Supongo que sí.

—No sea absurdo, sir Henry —dijo mistress Bantry—, no hay suposición que valga. Es bien parecido.

—Mistress Jefferson ha estado tomando lecciones de tenis, según dijo —murmuró miss Marple.

—¿Quieres decir algo con eso, Jane, o no quieres decir nada?

Miss Marple no tuvo ocasión de contestar. El pequeño Peter Carmody cruzó la terraza y se reunió con ellos. Se dirigió corriendo hacia sir Henry.

—Oiga, ¿es usted detective también? Le vi hablar con el superintendente... El gordo es el superintendente, ¿verdad?

—Exacto, hijo mío.

—Y alguien me dijo que usted era un detective importantísimo en Londres. El jefe de Scotland Yard o algo así.

—El jefe de Scotland Yard suele ser el más tonto en las novelas, ¿verdad?

—¡Oh, no! Hoy en día no. Burlarse de la policía ha pasado de moda. ¿No sabe usted aún quién cometió el asesinato?

—Me temo que aún no, hijo.

—¿Te diviertes mucho con todo esto, Peter? —inquirió mistress Bantry.

—Pues sí, bastante. Resulta un cambio, ¿verdad? He estado rondando por ahí a ver si encontraba algún indicio, pero no he sido afortunado. Tengo un recuerdo, sin embargo. ¿Le gustaría verlo? Hay que ver, mamá quería que lo tirase. La verdad es que los padres de uno son un poco difíciles de tratar a veces.

Sacó del bolsillo una cajita de cerillas. La abrió y exhibió su precioso contenido.

—¿Ve? Es una uña. ¡Una uña de la mano de ella! Voy a ponerle una etiqueta que diga: «Uña de la mujer asesinada». Y me la llevaré al colegio. Es un buen recuerdo. ¿No le parece?

—¿De dónde la sacaste? —inquirió miss Marple.

—Verá... fue una suerte en realidad. Porque, claro está, yo no sabía entonces que la iban a asesinar. Fue antes de la cena de anoche. Ruby se enganchó la uña en el chal de Josie y se la quebró. Mamá se la cortó, me la dio a mí y me dijo que la tirase al cesto de los papeles. Yo pensaba hacerlo, pero me la metí en el bolsillo y esta mañana me acordé de ella y miré a ver si aún la tenía, y seguía en el bolsillo. Conque ahora la guardo como recuerdo,

—¡Repugnante! —dijo mistress Bantry.

—¿De veras lo cree usted así? —preguntó Peter con cortesía.

—¿Tienes algún recuerdo más? —preguntó sir Henry.

—No lo sé. Tengo algo que podría serlo.

—Explícate, jovencito.

Peter le miró, pensativo. Luego sacó un sobre. Del interior extrajo un trozo de cinta parda.

—Es un pedazo de cinta del zapato de George Bartlett —explicó—. Vi sus zapatos a la puerta esta mañana y corte un trocito por si acaso pudiera servir de algo.

—Por si acaso, ¿qué?

—Por si acaso fuera el asesino, claro está. Él fue la última persona en verla, cosa que siempre resulta muy sospechosa, ¿sabe? ¿Cree usted que es hora de cenar ya? Tengo mucho apetito. Parece tan largo el tiempo desde la hora del té hasta la hora de la cena... ¡Hola! ¡Ahí está el tío Hugo! No sabía que mamá le hubiese pedido a él que viniera. Supongo que le llamaría ella. Siempre lo hace cuando se encuentra en un atolladero. Ahí viene Josie. ¡Eh, Josie!

Josie Turner, que cruzaba la terraza, se detuvo y pareció sobresaltarse al ver a mistress Bantry y a miss Marple.

—¿Cómo está usted, miss Turner? —dijo amablemente mistress Bantry—. ¡Hemos venido a hacer de sabuesos!

Josie miró a su alrededor con embarazo.

—Es terrible —dijo bajando la voz—. Nadie lo sabe aún. Quiero decir que aún no lo han publicado los periódicos. Supongo que, cuando lo hagan, todo el mundo empezará a hacerme a mí preguntas, lo que resultará muy embarazoso. No sé qué debo decir.

Miró con cierta nostalgia a miss Marple.

—Sí —le respondió ésta—, me temo que va a ser una situación muy difícil para usted.

Josie se conmovió un poco ante aquellas palabras de simpatía.

—¿Sabe? Mister Prestcott me dijo: «No hable del asunto». Eso está muy bien, pero estoy convencida de que todo el mundo me preguntará, y una no puede desairar a la gente, ¿verdad? Mister Prestcott me dijo que esperaba que me sentiría capaz de continuar como de costumbre... y no lo dijo de una manera muy agradable. Conque, claro, quiero hacer todo lo que pueda. Y la verdad es que no veo yo por qué me han de echar la culpa de todo a mí.

Sir Henry intervino.

—¿Le importa a usted —dijo— que le haga una pregunta con toda franqueza, miss Turner?

—Oh, pregúnteme usted lo que quiera.

—¿Se ha disgustado usted con mistress Jefferson y mister Gaskell con motivo de todo esto?

—¿Con motivo del asesinato, quiere decir?

—No, no me refiero al asesinato.

Josie se retorció los dedos.

—Mire, lo ha habido y no lo ha habido —dijo con brusquedad—, si es que usted me comprende. Ninguno de los dos ha dicho nada. Pero creo que me echaban a mí la culpa... por haberse encaprichado tanto mister Jefferson con Ruby, quiero decir. No era culpa mía, sin embargo, ¿no le parece? Esas cosas suceden y jamás había soñado por anticipado que pudiera suceder. Que... quedé estupefacta.

Sus palabras parecían de una sinceridad innegable.

—La creo —dijo sir Henry bondadosamente—. Pero, ¿y después de haber sucedido?

Josie irguió la cabeza.

—Fue una verdadera suerte, ¿no le parece? Todo el mundo tiene derecho a que le favorezca la suerte alguna vez.

Miró de una a otro con aire de reto y luego continuó su camino y entró en el hotel.

Peter, con aire de juez, dijo:

—Yo no creo que lo hiciese ella.

—Es interesante ese pedazo de uña, Peter —murmuró miss Marple—. Me había estado preocupando a mí... cómo explicar lo de las uñas.

—¿Uñas? —dijo sir Henry.

—Las uñas de la difunta —explicó mistress Bantry—. Eran cortísimas y, ahora que lo dice Jane, claro que era un poco improbable. Una muchacha así suele tener verdaderas garras por uñas.

—Pero, claro —dijo miss Marple—, si se arrancó una, es posible que se recortara las otras para que hicieran juego. ¿Encontraron recortes de uñas en su cuarto? Me gustaría saberlo.

Sir Henry la miró con curiosidad.

—Se lo preguntaré al superintendente Harper cuando vuelva.

—¿Cuando vuelva de dónde? —inquirió mistress Bantry—. ¿No habrá marchado a Gossington?

—No —contestó sir Henry con voz solemne—, ha habido otra tragedia. Un coche incendiado en una cantera.

Miss Marple contuvo el aliento.

—¿Había alguien en el coche?

—Me temo que sí.

—Supongo que será la *Chica Guía* cuya desaparición se denunció, Patience... no, no, Pamela Reeves —dijo miss Marple pensativa.

Sir Henry la miró fijamente.

—¿Y cómo se le ocurre a usted pensar eso, miss Marple?

Las mejillas de la anciana se tiñeron levemente de carmín.

—Pues... se anunció por radio que faltaba de su casa... desde anoche. Y vivía en Daneleigh Vale. Eso no está muy lejos de aquí. Y se la vio por última vez en la reunión de las *Chicas Guías* en Danebury Downs. Eso esta muy cerca. Es más, tendría que pasar por Danemouth para volver a su casa. Así que encaja bastante bien, ¿no le parece? Quiero decir que a lo mejor vio... y oyó... algo que no se quería que oyese ni viese nadie. Si ocurrió eso, claro está, resultaría peligrosa para el asesino y habría que... eliminarla. Dos cosas así tienen que estar relacionadas, ¿no cree?

Sir Henry bajó la voz.

—¿Cree usted... en un segundo asesinato?

—¿Por qué no? —La plácida mirada se encontró con la suya—. Cuando una persona ha cometido un asesinato, no retrocede ante otro, ¿no le parece? Ni ante un tercero siquiera.

—¿Un tercero? ¿No creerá usted que se vaya a cometer un tercer asesinato, supongo?

—Lo creo posible... Sí, creo que es muy posible.

—Miss Marple —dijo sir Henry—, usted me asusta. ¿Sabe quién va a ser asesinado?

—Tengo una idea bastante aproximada —replicó la anciana.

El superintendente Harper contempló el montón de metal chamuscado y retorcido. Un automóvil incendiado siempre resulta un espectáculo desagradable, aun cuando no lo empeorara la presencia de un cadáver calcinado y ennegrecido.

Venn's Quarry era un lugar apartado, lejos de toda vivienda. Aunque sólo se encontraba en realidad a dos millas de Danemouth en línea recta, se llegaba allí por uno de esos caminos estrechos, retorcidos, llenos de surcos y baches, poco más que un camino de herradura, que no conducía a ninguna parte más que a la propia cantera. Hacía mucho tiempo ya que nadie trabajaba en ella y las únicas personas que se internaban por aquel camino eran los ocasionales visitantes que acudían en busca de moras.

Como lugar para abandonar un coche resultaba ideal. El vehículo no hubiera sido encontrado en mucho tiempo a buen seguro, de no haber sido porque quiso la casualidad que el resplandor del incendio fuera visto por un labrador que iba camino de su trabajo.

El labrador seguía allí, aun cuando todo lo que tenía que contar había sido oído por todos tiempo antes, pero siguió repitiendo el emocionante relato con cuantos adornos se le iban ocurriendo:

—¡Maldita sea mi estampa! ¿Qué diablos es eso? Un resplandor. Un resplandor en el cielo. Puede ser una hoguera, pero, ¿a quién se le iba a ocurrir encender una hoguera en Venn's Quarry? No, es un gran incendio, seguro. Pero, ¿qué rayos puede ser si no hay ninguna casa ni granja por ese lado?

»Me dije: está cerca de la cantera, ahí es donde está, seguro. No sabía exactamente lo que debía hacer, pero viendo que el policía Gregg llegaba en aquel momento en su bicicleta, le dije lo que había visto. Se había apagado ya para entonces. Pero le insistí: un resplandor muy grande en el cielo. Quizá sea un almiar. Pero nunca se me ocurrió que pudiera ser un automóvil... y mucho menos que se pudiera estar quemando vivo alguien dentro. Es una tragedia horrible... horrible.

La policía de Glenshire había trabajado muy aprisa. Había hecho fotografías y tomado cuidadosamente nota de la posición del cuerpo carbonizado antes de que el forense hubiera dado comienzo a su propia investigación.

Este último se acercó ahora a Harper, sacudiéndose ceniza negra de las manos.

—Una faena bastante concienzuda —dijo—. Parte de un pie y el zapato es poco más o menos lo único que se ha salvado. Yo, personalmente, sería incapaz de asegurar en ese instante si el cadáver es el de un hombre o una mujer, aunque supongo que obtendremos alguna indicación por los huesos. Pero el zapato es uno de esos, de correa, como los que usan las colegialas.

—Ha desaparecido una colegiala del condado vecino —dijo Harper—, muy cerca de aquí. Una muchacha de unos dieciséis años.

—Entonces, seguramente será ella —contestó el médico forense—. ¡Pobre criatura!

—¿No estaría viva cuando...? —preguntó Harper inquieto.

—No, no lo creo. No se ve señal alguna de que intentara apearse. El cuerpo estaba caído sobre el asiento... con el pie asomando. Estaba muerta cuando la pusieron allí, en mi opinión. Luego incendiaron el coche para destruir pruebas comprometedoras. —Hizo una pausa y preguntó—: ¿Me necesita para algo más?

—No, gracias.

—Bien, me marcho, pues.

Se dirigió a su coche. Harper se acercó al lugar en que uno de sus hombres, un sargento especializado en casos de tráfico, estaba trabajando.

Éste alzó la cabeza.

—Es un caso muy claro, jefe. Rociaron todo el coche con gasolina y luego le prendieron fuego. Hay tres latas vacías en el seto.

Un poco más allá, otro hombre ordenaba cuidadosamente pequeños objetos sacados de entre los restos del automóvil. Había un zapato negro, chamuscado, de cuero y, con él, trozos de ennegrecido material. Al acercarse Harper, su subordinado alzó la mirada y exclamó:

—Vea esto, jefe. Creo que ya no existe duda.

Harper tomó el pequeño objeto en la mano.

—¿Un botón del uniforme de una *Chica Guía*? —dijo.

—Sí, señor.

—Así pues —asintió Harper—, tenía usted razón. No parece haber duda ya.

Era un hombre bueno, bondadoso, y se sintió levemente mareado. Primero Keene y ahora aquella chica: Pamela Reeves.

«¿Qué desgracias han caído sobre Glenshire?», se dijo para sí, como preguntándoselo interiormente. El paso siguiente era telefonear al jefe de policía de su propio condado primero y, después, ponerse en contacto con el coronel Melchett. La desaparición de Pamela Reeves había ocurrido en Radforshire, aun cuando su cadáver había sido hallado en Glenshire.

La misión que había de cumplir a renglón seguido no era muy agradable. Tenía que comunicarles la noticia a los padres de Pamela.

El superintendente Harper contempló pensativo la fachada de Braeside al tocar el timbre de la puerta principal.

Una casita primorosa, un jardín muy lindo de media hectárea aproximada. Un tipo de vivienda que había sido construido frecuentemente por todo el campo durante los últimos veinte años. Militares retirados, empleados del Estado jubilados... esa clase de gente. Gente agradable y decente. Lo peor que podría decirse de ella sería que quizá resultaba un poco aburrida. Se gastaban todo el dinero que podían en la educación de sus hijos. No la clase de gente que uno asociaría con una tragedia. Y ahora la tragedia les había alcanzado. Exhaló un suspiro.

Lo hicieron pasar inmediatamente a una salita donde un hombre erguido, de bigote entrecano, y una mujer con los ojos enrojecidos por el llanto se pusieron en pie de un brinco al verle entrar.

—¿Trae usted noticias de Pamela? —preguntó mistress Reeves con avidez.

Luego retrocedió como si la mirada de conmiseración que le dirigió el superintendente hubiese sido un golpe.

—Lo siento —dijo Harper—, pero van a tener que prepararse ustedes a recibir malas noticias.

—Pamela... —tartamudeó la mujer.

—¿Le ha sucedido algo... a la criatura? —preguntó intranquilo el comandante Reeves.

—Sí, señor.

—¿Quiere decir con eso que ha muerto?

Mistress Reeves no pudo reprimirse.

—¡Oh, no, no...! —exclamó llorando desconsoladamente.

El comandante rodeó a su esposa con un brazo y la atrajo hacia sí. Le temblaban los labios, pero miró interrogador a Harper, que movió afirmativamente la cabeza.

—¿Un accidente?

—No ha sido eso exactamente, comandante Reeves. La hemos encontrado en un automóvil incendiado que habían abandonado en Venn's Quarry.

Su asombro era evidente.

Mistress Reeves dio rienda suelta a su dolor y se dejó caer en el sofá, rendida, exánime, sollozando amargamente.

—Si quieren ustedes que aguarde unos minutos... —dijo el superintendente.

—¿Qué conclusiones han sacado? ¿Un crimen? —inquirió el comandante con apremio.

—Eso parece, caballero. Por eso quisiera hacerles unas preguntas, si es que acceden dadas las circunstancias. Sé que es muy duro para ustedes...

—No, no. Tiene usted razón. No deben perder un instante si lo que usted insinúa es cierto. Pero no puedo creerlo. ¿Quién iba a querer hacer daño a una criatura como Pamela?

—Me he informado que han denunciado ustedes a la policía local la desaparición de su hija —dijo Harper con estolidez—. Salió de aquí para asistir a una reunión de las *Chicas Guías* y la esperaban ustedes de vuelta a la hora de cenar. ¿Es así?

—Sí.

—¿Había de regresar en un autobús?

—Tengo entendido que, según relato de sus compañeras, cuando se acabó la reunión, Pamela anunció que iba a entrar en Danemouth para hacer unas compras en los Almacenes Woolworth y que tomaría el autobús más tarde.

—¿Le parece a usted ésa una forma de proceder normal?

—Oh, sí. A Pamela le gustaba mucho ir a los Almacenes Woolworth. Iba con frecuencia a Danemouth de compras. El autobús sale de la carretera real, a cosa de un cuarto de milla de aquí.

—Y, ¿no tenía otros planes, por lo que ustedes pudieran saber?

—Ninguno.

—¿No había de entrevistarse con nadie en Danemouth?

—No, estoy seguro de que no. Lo hubiese dicho. La esperábamos de vuelta para cenar. Por eso, cuando se hizo tan tarde y no se hubo presentado, telefoneamos a la policía. Era contrario a su carácter retrasarse así.

—¿Su hija no tenía amistades indeseables... es decir, amistades que ustedes no aprobaran?

—No, jamás se dio un caso de esa clase.

—Pam era una criatura —aseveró entre sollozos mistress Reeves—. Era muy joven para su edad. Le gustaba jugar y todo eso. No era precoz en forma alguna.

—¿Conocen ustedes a un tal George Bartlett que se aloja en el hotel Majestic de Danemouth?

—Nunca he oído ese nombre —dijo el comandante.

—¿Cree usted posible que su hija sí lo conociera?

—Estoy completamente seguro de que no. Segurísimo. —Y agregó vivamente, con un destello de rabia—: ¿Qué papel desempeña ese hombre en el asunto?

—Es el propietario del coche Minoan Catorce en el que fue hallado el cadáver de su hija.

—¡En tal caso debe...! —exclamó mistress Reeves pero no pudo proseguir.

Harper se apresuró a decir:

—Denunció la desaparición de su coche a primera hora de hoy. Se encontraba en el patio del hotel a la hora de comer ayer. Cualquiera podía habérselo llevado.

—Pero, ¿no vio quién se lo llevaba?

El superintendente negó con la cabeza.

—Entran y salen docenas de coches durante todo el día. Y el Minoan Catorce es una de las marcas más populares.

—¿Pero, no hacen ustedes nada? ¿No están intentando encontrar al... al diablo que hizo eso? ¡Mi niña... oh, mi niñita! ¿No la quemarían viva, verdad? ¡Oh! ¡Pam, Pam...!

—No sufrió, mistress Reeves. Le aseguro que ya estaba muerta cuando incendiaron el coche.

—¿Cómo la mataron? —quiso indagar el comandante.

Harper le dirigió una mirada expresiva.

—No lo sabemos. El fuego ha destruido toda prueba.

Se volvió hacia la mujer.

—Créame, mistress Reeves, estamos haciendo todo lo posible. Es cuestión de comprobaciones. Tarde o temprano encontraremos a alguien que vio a su hija ayer en Danemouth y que podrá decirnos quién la acompañaba. Todo eso requiere tiempo. Recibiremos docenas, centenares de informes acerca de una *chica guía* que ha sido vista aquí, allí y por todas partes. Es cuestión de indagar y de paciencia... pero no tema: acabaremos averiguando la verdad.

—¿Dónde... dónde está? —preguntó mistress Reeves—. ¿Puedo verla?

De nuevo el marido miró al superintendente.

—El médico forense se está encargando de todo eso. Propongo que su esposo me acompañe ahora y repase cualquier cosa que pudiera haber dicho Pamela... algo a lo que quizá no prestara usted atención de momento, pero que pudiera aportar luz sobre el asunto. Ya sabe lo que quiero decir: cualquier palabra casual, o cualquier frase. Ésa es la mejor manera de ayudarnos.

Cuando los dos hombres se dirigían a la puerta, Reeves dijo, señalando una fotografía:

—Ahí la tiene.

Harper la miró con atención. Era un grupo de jugadoras de hockey. Reeves señalaba a Pamela en el centro del equipo. «Una buena muchacha», pensó Harper, al contemplar el rostro de la niña que llevaba trenzas.

Apretó los labios al recordar el carbonizado cadáver hallado en el coche. Se juró a sí mismo que el asesino de Pamela Reeves no se convertiría en uno de los misterios sin solución de Glenshire.

Ruby Keene, según él reconocía para sus adentros, podría haber merecido lo que le había ocurrido, pero el caso de Pamela Reeves era distinto. Jamás descansaría hasta haber cazado al hombre o la mujer que le había quitado la vida.

Capítulo XIII

U n día o dos más tarde el coronel Melchett y el superintendente Harper se contemplaron mutuamente, sentados uno a cada lado de la gran mesa de despacho del primero. Harper había acudido a Much Benham para efectuar consultas.

Melchett dijo en tono lúgubre:

—Bueno, pues ya sabemos dónde estamos... o, mejor dicho, dónde no estamos.

—«Dónde no estamos» expresa el caso con mayor exactitud.

—Hay dos muertes que tener en cuenta. Dos asesinatos. Ruby Keene y la joven Pamela Reeves. No quedó gran cosa para identificarla, pobre criatura, pero sí lo bastante. El zapato no se quemó; ha sido reconocido como suyo por el padre, y tenemos ese botón de un uniforme de una *Chica Guía*. Un asunto diabólico, superintendente.

—Tiene usted razón —contestó Harper.

—Me alegro de que Haydock haya confirmado la muerte antes de que fuera incendiado el coche. La forma en que yacía, cruzada en el asiento, lo demuestra. Probablemente le darían un golpe en la cabeza a la infeliz.

—O la estrangularían, quizá —dijo Harper.

—¿Cree usted?

—Bien, señor, hay asesinos que actúan así.

—Lo sé. Todo el asunto es terrible. El punto que hemos de decidir es: ¿están relacionados los dos asesinatos?

—Yo diría que sí.

—Y yo también.

El superintendente pasó revista a los datos conocidos, contándolos con los dedos.

—Pamela Reeves asistió a la reunión de las *Chicas Guías* en Danebury Downs. Dicen sus tres compañeras que parecía normal y alegre. No regresó a Medschester en autobús con ellas. Les dijo que iría de Danemouth, a los Almacenes Woolworth, y tomaría el autobús allí. La carretera que conduce a Danemouth desde Danebury Downs describe una curva bastante grande hacia el interior.

»Pamela Reeves tomó un atajo cruzando dos prados, un sendero y un camino, con lo que iría a salir a las proximidades del hotel Majestic. Para ser exactos, el camino pasa por el lado del hotel. Es posible, por consiguiente, que viera u oyera algo... algo relacionado con Ruby Keene... que podría resultar peligroso para el asesino. Por ejemplo, podía haberle oído al asesino citarse con Ruby Keene para las once de aquella noche. Se da cuenta de que aquella colegiala le ha oído, y decide sellarle los labios.

—Todo eso suponiendo que el asesinato de Ruby

Keene fuera premeditado y no espontáneo —dijo el coronel.

El superintendente asintió.

—Yo creo que lo fue. Parece como si debiera de haber sido todo lo contrario: repentina violencia motivada por un acceso de ira o de celos... pero empiezo a creer que no es así. No veo, si no, cómo puede explicarse la muerte de Pamela Reeves. Si ésta fue testigo del crimen, sería muy tarde por la noche, allá por las once. ¿Y qué iba a estar haciendo ella por los alrededores del hotel Majestic a semejantes horas? ¡Si a las nueve sus padres empezaban a experimentar ansiedad porque aún no había vuelto!

—Cabe la posibilidad de que fuera a ver a alguien en Danemouth sin conocimiento de su familia ni de sus amigas y que su muerte no tenga absolutamente nada que ver con la otra.

—Sí, señor, pero yo no lo creo así. Fíjese que hasta la anciana esa, miss Marple, se dio cuenta en seguida de que ambos hechos estaban relacionados. Preguntó inmediatamente si el cadáver hallado en el coche era el de la *Chica Guía* desaparecida. Es una viejecita muy lista. Estas ancianas lo son, a veces. Perspicaces, ¿sabe? Suelen poner el dedo en la llaga.

—Miss Marple ha hecho eso más de una vez —dijo el coronel Melchett con hosquedad—. Y además está la cuestión del coche. Se me antoja a mí que eso relaciona el asesinato definitivamente con el hotel Majestic. Era el automóvil de George Bartlett.

De nuevo se encontraron las miradas de los dos hombres.

—¿George Bartlett? ¡Podría ser! ¿Qué opina usted?

Harper volvió a recitar varios puntos concretos.

—A Ruby Keene se la vio por última vez en compañía de George Bartlett. Él dice que ella se marchó a su cuarto (cosa confirmada por el hallazgo en la alcoba del vestido que había llevado). Pero, ¿volvió ella a su cuarto y se mudó con el fin de salir con él? ¿Habrían acordado antes salir juntos...? ¿Lo habrían discutido, por ejemplo, antes de cenar y les habría oído Pamela Reeves por casualidad?

—No denunció haber perdido el automóvil hasta la mañana siguiente y, aún entonces, sus declaraciones fueron bastante nebulosas. Aseguraba no poder recordar con exactitud cuándo lo había visto por última vez.

—Pudiera ser habilidad. Según yo lo veo, ese hombre es una persona muy lista que finge ser un imbécil o lo es de verdad.

—Lo que necesitamos —dijo Melchett— es un móvil. Según está la investigación, no parece haber tenido motivo alguno para matar a Ruby.

—Sí. Ahí es donde nos atascamos siempre. El móvil. Todos los informes recibidos del *Palais de la Danse* de Brixwell son negativos, según tengo entendido.

—Completamente negativos. Ruby Keene no tenía lo que pudiera llamarse novio. Slack ha investigado el asunto. Y hay que reconocer que, cuando Slack hace una investigación, la hace concienzudamente, a fondo.

—Es cierto. Eso no se le puede negar.

—Si hubiera habido algo que averiguar, él lo hubiera conseguido. Pero no hay nada allí. Tiene una lista de sus parejas de baile más frecuentes... todas ellas investigadas y son satisfactorias. Se trata de jóvenes inofensivos y todos han podido probar la coartada para la noche de autos.

—¡Ah! —murmuró Harper—. Coartadas... Con eso es con lo que tenemos que luchar.

—¿Usted lo cree? Le he dejado esa parte de investigación.

—Sí, señor. Y ya se ha llevado a cabo. Concienzudamente. Solicitamos ayuda a Londres para ello.

—¿Bien?

—Mister Conway Jefferson podrá creer que mister Gaskell y que mistress Jefferson se encuentran en buena situación económica, pero no es cierto. Ambos se hallan bastante mal de dinero.

—¿Es cierto eso?

—Completamente cierto. Mister Conway Jefferson dijo la verdad. Dio una cantidad considerable a cada uno de sus hijos cuando se casaron. Eso fue hace más de diez años. Sin embargo, Frank Jefferson se las daba de conocer muy bien los valores comerciales. Invirtió el dinero en negocios más o menos estables, pero tuvo mala suerte y demostró ser muy poco perspicaz en más de una ocasión. Las acciones en que invirtió su dinero han ido perdiendo valor sin cesar. En mi opinión, la viuda debe de estar haciendo verdaderos equilibrios para poder mantenerse a flote y mandar a su hijo al colegio.

—Pero... ¿no le ha pedido ayuda a su suegro?

—No, señor. Al parecer, vive siempre con él y, por consiguiente, se ahorra los gastos de casa.

—Y el estado de salud de Conway es tal, que no se espera que viva mucho tiempo, ¿no es eso?

—Justo. Y ahora, Mark Gaskell. Éste es jugador por temperamento. Acabó con el dinero de su mujer en muy poco tiempo. Se encuentra en un atolladero bastante grande en este momento. Necesita dinero a todo trance... y en gran cantidad, por añadidura.

—No puedo decir que me fuera muy simpático —anunció el coronel—. Tiene cara de alocado... ¿eh? Y el móvil no le falta. Representaba para él veinticinco mil libras el quitar a la muchacha del medio. Sí, no cabe la menor duda de que en su caso había un móvil.

—Lo había en el caso de ambos.

—No toma en consideración a mistress Jefferson.

—Ya sé que no. Y sea como fuere, ambos tienen probada la coartada. No podían haberlo hecho. He ahí todo.

—¿Tiene usted un informe detallado de los pasos que dieron aquella noche?

—Sí. Examinemos primero el caso de Gaskell. Cenó con su suegro y mistress Jefferson, y después tomó café con ellos, cuando Ruby Keene se les unió. Luego dijo que tenía que escribir unas cartas y los dejó. En realidad lo que hizo fue coger su coche y darse un paseo por el malecón. Me dijo, con franqueza, que no podía soportar estar jugando al bridge toda la noche. El viejo está loco por el juego ése. Conque inventó la excusa de las cartas.

»Ruby Keene se quedó con los otros. Mark Gaskell regresó cuando la muchacha bailaba con Raymond. Después de su número, Ruby se acercó y bebió algo con ellos; luego se marchó con Bartlett, y Gaskell y los otros se pusieron a jugar al bridge. Esto fue a las once menos veinte... Y no abandonó la mesa hasta después de medianoche. Eso es completamente seguro. Todo el mundo lo dice. La familia, los camareros, todo el mundo. Por consiguiente, él no pudo haber cometido el crimen. Y la coartada de mistress Jefferson es igual. Ella tampoco se levantó de la mesa. Quedan eliminados los dos... eliminados por completo.

El coronel se recostó en el respaldo de su asiento, golpeando la mesa con un cortapapeles.

—Es decir —conjeturó Harper—, quedan eliminados si aceptamos que la muchacha fue asesinada antes de medianoche.

—Haydock dice que sí. Es un hombre muy concienzudo en cuestiones policíacas. Si él dice una cosa, puede creerse a pies juntillas...

—Pudiera haber razones... de salud, idiosincrasia, físicas o algo...

—Se lo sugeriré.

Melchett consultó su reloj, descolgó el auricular y pidió un número.

—Haydock debiera estar en su casa a estas horas. ¿Y si supiéramos que la habían matado después de medianoche?

—En tal caso, cabría otra posibilidad —contestó Harper—. Hubo idas y venidas. Supongamos que Gaskell le hubiera pedido a la muchacha que se encontrara con él fuera... a las doce y media, por ejemplo. Se retira un minuto o dos, la estrangula, regresa, y se deshace del cadáver más tarde... a primeras horas de la mañana.

—¿Se la lleva a treinta millas de distancia para dejarla en la biblioteca de los Bantry? —dijo Melchett—. ¡Qué rayos! Eso resulta muy poco probable.

—Es cierto —reconoció inmediatamente Harper.

Sonó el timbre del teléfono. Melchett lo volvió a descolgar.

—Hola, Haydock. Una pregunta: ¿A Ruby Keene hubiera sido posible que la hubiesen matado después de medianoche?

—Ya le dije que había muerto entre las diez y las doce.

—Sí, ya lo sé, pero se podría estirar eso un poco, ¿no?

—No, no podría estirarlo. Cuando yo digo que murió antes de medianoche, quiero decir que murió antes de medianoche, y hágame el favor de no intentar falsear las declaraciones del forense.

—Sí, pero. ¿no podría haber alguna razón fisiológica? Ya sabe usted lo que quiero decir.

—Yo lo qué sé es que no sabe usted una palabra de lo que dice. La muchacha estaba completamente sana y no era anormal en cosa alguna... y no pienso decir lo contrario nada más que por ayudarle a usted a ponerle un dogal al cuello a algún infeliz que le haya caído antipático a la policía. No proteste: conozco sus mañas. Y, a propósito, a la muchacha no la estrangularon sin más ni más... es decir, la narcotizaron primero. Murió estrangulada, pero antes la narcotizaron.

Haydock colgó el auricular.

—¡Pues qué bien! —dijo Melchett en tono lúgubre.

—Creí haber encontrado otro asesino probable, pero me falló —dijo Harper.

—¿Qué...? ¿Quién?

—En rigor, es pieza de coto ajeno... del de usted, para ser exacto. Se llama Basil Blake. Vive cerca de Gossington Hall.

—¡Ese impertinente! —El coronel frunció el entrecejo al recordar la grosería de Blake—. ¿Qué pinta ése en el asunto?

—Parece ser que conocía a Ruby Keene. Iba a cenar al Majestic con frecuencia... bailaba con la muchacha. ¿Recuerda usted lo que dijo Josie a Raymond cuando se descubrió que Ruby había desaparecido? «No estará con el peliculero, ¿verdad?» He averiguado que se refería a Blake. Es empleado de los Estudios Lenville. Josie no tenía razón alguna para creer que Ruby estuviese con él, más que el saber que a la muchacha le era bastante simpático aquel joven.

—Muy prometedor, Harper, muy prometedor.

—No tanto como parece. Basil Blake fue aquella noche a una reunión que se celebraba en los estudios. Ya conoce usted esas fiestas. Empiezan a las ocho con bebidas y continúan hasta que la atmósfera se pone demasiado espesa para que pueda verse a través de ella y se quedan todos sin conocimiento de puro borrachos. Según el inspector Slack, que se encargó de interrogarlo, dejó la reunión a eso de medianoche. Y a medianoche Ruby Keene estaba ya muerta.

—¿Hay alguien que confirme su declaración?

—La mayoría de los asistentes, según tengo entendido, estaban bastante bebidos. Miss Dinah Lee dice que lo que él declara es cierto.

—¡Eso no significa nada!

—¡No, señor! Es probable que no. Las declaraciones de otros asistentes a la reunión confirman la declaración de mister Blake en conjunto, aunque sus ideas acerca de la hora son un poco vagas.

—¿Dónde están esos estudios?

—En Lenville. A unas treinta millas al sudoeste de Londres.

—¡Hum! ¿Aproximadamente a la misma distancia de aquí?

—Sí, señor.

El coronel se frotó la nariz.

—Parece como si pudiéramos eliminarlo a él también ahora —dijo malhumorado.

—Yo creo que sí. No hay pruebas de que le gustara formalmente Ruby Keene. Es más, parece bastante ocupado ya con su propia novia.

—Pues no nos queda más que «mister X», un asesino desconocido... tan desconocido, que Slack no puede reconocer su rastro. O el yerno de Jefferson, que puede haber querido matar a la muchacha... pero que no tuvo ocasión de hacerlo. La nuera, otro tanto. O bien George Bartlett, que no puede probar la coartada... pero que por desgracia tampoco tenía motivos. Y he ahí todo. No, no todo. Supongo que debiéramos tener en cuenta al bailarín... a Raymond Starr, después de todo, veía mucho a la joven.

—No puedo creer —dijo Harper lentamente— que le interesara mucho. A menos que sea un magnífico actor. Y si fuera el caso, también él puede probar la coartada. Estuvo más o menos visible desde las once menos veinte hasta medianoche, bailando con distintas personas. No veo yo que podamos presentar acusación contra él.

—Total —dijo el coronel Melchett—, que no hay una sola persona contra la que podamos presentar una acusación fundamentada.

—Nuestra mayor esperanza es George Bartlett. Si se nos ocurriera un móvil, quiero decir.

—¿Le ha hecho usted investigar?

—Sí, señor. Hijo único. Mimado por su madre. Heredó un montón de dinero al morir ésta hace cosa de un año. Se lo está gastando muy aprisa. Débil más bien que vigoroso.

—Su debilidad puede ser mental —sugirió Melchett.

El superintendente asintió con la cabeza.

—¿Se le ha ocurrido a usted pensar que ésa pudiera ser la explicación de todo el asunto?

—¿Un loco criminal, quiere decir?

—Sí, señor, Uno de esos hombres que andan por ahí estrangulando a muchachas jóvenes. Los médicos tienen un nombre muy largo para describir esa clase de locura.

—Eso resolvería todas nuestras dificultades —dijo Melchett.

—Sólo hay en eso una cosa que no me gusta.

—¿Cuál?

—Es demasiado fácil.

—Hum... sí... quizá... Conque, como dije al principio, ¿adónde hemos llegado?

—A ninguna parte —respondió el superintendente Harper.

CAPÍTULO XIV

Jefferson se movió en la cama y se desperezó. Tenía los brazos estirados, brazos largos, potentes, en los que parecía haberse concentrado toda la fuerza de su cuerpo desde el accidente.

A través de las cortinas, la luz de la mañana brillaba dulcemente.

Conway Jefferson sonrió. Siempre, después de una noche de descanso, se despertaba así, feliz, fresco, renovada su sorprendente vitalidad. ¡Otro día!

Así permaneció durante un minuto. Luego oprimió el timbre especial instalado junto a su mano. Y de pronto una oleada de recuerdos le inundó.

En el momento en que Edwards, ágil y silencioso, entraba en el cuarto, su amo exhaló un leve gemido. Edwards se detuvo, con la mano en las cortinas.

—¿Sufre usted algún dolor, señor?

Conway dijo con aspereza:

—No, anda. Descórrelas.

La luz inundó el cuarto. Edwards, comprendiendo, no miró a su amo.

Con el rostro sombrío, Conway Jefferson permaneció

echado, recordando, pensando... Ante sus ojos vio de nuevo el rostro bonito e insípido de Ruby. Sólo que en sus pensamientos no empleó el adjetivo «insípido». Anoche hubiera dicho «inocente». ¡Una criatura inocente e ingenua! ¿Y ahora?

Experimentaba un hastío enorme. Cerró los ojos.

—Margaret —murmuró en voz baja el nombre de su difunta esposa.

—Me gusta su amiga —le dijo Adelaide Jefferson a mistress Bantry.

Las dos mujeres estaban sentadas en la terraza.

—Jane Marple es una mujer sorprendente —aseguró mistress Bantry.

—Y es muy simpática también —sonrió Adelaide.

—La gente la llama difamadora... pero no lo es en realidad.

—¿Sólo es que tiene una opinión muy baja de la naturaleza humana?

—Podría decirse eso.

—Resulta reconfortante —dijo Adelaide—, tras haber tenido que soportar demasiado lo contrario.

Mistress Bantry la miró vivamente.

—Tantos pensamientos elevados —enfatizó Addie—, tanto idealizar un objeto indigno.

—¿Se refiere a Ruby Keene?

Addie asintió con la cabeza.

—No quiero ser demasiado desagradable. No había mal en ella. Luchaba por lo que quería, pobre ratita.

—No era mala. Vulgar y bastante tonta, y de muy

buen genio. Una sacacuartos rematada. No creo que conspirara ni que hiciese planes. Lo que tenía era que sabía aprovechar cualquier oportunidad que se le presentara. Y sabía cómo atraerse a un hombre de edad que se sentía... solo.

—Supongo —dijo mistress Bantry pensativa— que Conway se sentía solo en realidad.

Addie se agitó inquieta.

—Sí, se sintió solo... este verano.

Hizo una pausa y luego exclamó:

—Mark se empeña en que es culpa mía. Tal vez lo sea, no lo sé.

Guardó silencio unos instantes. Luego, impulsada por alguna necesidad de hablar, siguió diciendo con dificultad y casi a regañadientes:

—He... he tenido una vida tan rara... Michael Carmody, mi primer marido, murió poco después de nuestra boda. Me dejó aturdida. Peter, como usted sabe, nació después de su muerte. Frank Jefferson era un gran amigo de Mike. Conque le vi mucho. Fue padrino de Peter. Mike habría querido que lo fuese. Llegué a cobrarle mucho afecto y... a compadecerle también.

—¿Compadecerle? —murmuró mistress Bantry con interés.

—Sí, compadecerle. Parece raro. Frank había tenido siempre cuanto había deseado. Sus padres no podían haber sido más bondadosos con él. Y, sin embargo, ¿cómo le diría...? ¿Es que, sabe...? La personalidad de mister Jefferson padre es tan fuerte. Si se vive con él, uno no puede tener personalidad propia. Frank sentía eso.

»Cuando nos casamos era muy feliz... maravillosamente feliz. Mister Jefferson fue muy generoso. Donó una importante cantidad a Frank. Dijo que quería que sus hijos fuesen independientes y que no tuvieran que esperar a que él muriera. Era una acción tan buena, tan generosa... Pero fue demasiado brusca. Debieron haber acostumbrado a Frank a desenvolverse en la independencia poco a poco.

»El dinero se le subió a Frank a la cabeza. Creyó que valía tanto como su padre, que era tan inteligente con el dinero y en los negocios, que era muy previsor y tendría tanto éxito. Y claro está, no lo era. No es que especulara con el dinero precisamente, pero lo invirtió en lo que no debía y en los momentos en que menos debía haberlo hecho. Da miedo lo aprisa que se va el dinero cuando uno no está habituado a él.

»Cuanto más perdía Frank, más avisado se sentía de recobrarlo haciendo una jugada hábil. Conque las cosas fueron de mal en peor.

—Pero, querida, ¿no podía haberle aconsejado Conway?

—No quería que le aconsejaran. Lo que él ambicionaba era triunfar solo. Por eso nunca le dejamos saber la verdad a mister Jefferson. Cuando murió Frank, quedaba muy poco... sólo una pequeña renta para mí. Y yo... yo tampoco se lo dije a su padre.

»Me hubiera parecido como si traicionara a Frank. A Frank no le hubiera gustado que lo hiciese. Mister Jefferson estuvo enfermo mucho tiempo. Cuando se puso bueno, dio por sentado que yo era una viuda acomodada. Jamás le he desengañado. Ha sido un punto de honor. Él sabe que yo soy muy cuidadosa con el dinero, pero lo aprueba. Cree que soy una mujer ahorradora. Y claro está. Peter y yo hemos vivido con él casi siempre desde entonces y él ha pagado todos nuestros gastos de manutención. Conque nunca he tenido necesidad de pedirle.

»Hemos sido como una familia durante todos estos años... sólo que... ¿comprende? ¿O no comprende? Nunca he sido la viuda de Frank para él... he sido la esposa de Frank.

Mistress Bantry comprendió lo que quería decirle.

—¿Quiere decir con eso que él nunca ha aceptado su muerte?

—Sí, ha sido maravilloso. Pero ha vencido a su propia terrible tragedia negándose a reconocer la muerte. Mark es el esposo de Rosamund y yo soy la esposa de Frank... Y aunque Frank y Rosamund no están aquí con nosotros exactamente, siguen existiendo.

—Es un maravilloso triunfo de la fe —manifestó mistress Bantry.

—Lo sé. Hemos seguido viviendo año tras año. Pero de pronto... este verano, algo pasó en mi interior. Sentí... sentí rebeldía. Es una cosa terrible decir eso, pero... ¡no quería pensar más en Frank! Era un episodio de mi pasado, de mi amor y su compañía, de mi dolor al morir él. Era algo que había sentido, y que ya había dejado de ser.

»Es dificilísimo de describir. Es como querer borrar el pasado y empezar de nuevo. Yo quería ser yo, Addie, aún razonablemente joven y fuerte y capaz de jugar, de nadar, bailar... quería ser simplemente persona. Hasta Hugo... ¿Conoce a Hugo McLean? Es una buena persona y quiere casarse conmigo; pero claro, nunca he pensado en eso en realidad. Pero este verano sí que empecé a pensar en ello, aunque no en serio... sólo vagamente.

Calló y sacudió la cabeza.

—Conque supongo que es verdad. Descuidé a Jeff. No quiero decir que le abandonara en realidad, pero mi mente y mis pensamientos no estaban con él. Cuando vi que Ruby le distraía, me alegré y todo. Me dejaba más libre para poder hacer mis cosas. Jamás soñé... que se... que se encaprichara tanto de ella.

—¿Y qué sucedió cuando lo descubrió usted? —preguntó mistress Bantry.

—Quedé estupefacta... ¡Oh! Estupefacta de verdad. Y me temo que me enfurecí también.

—Yo me hubiera enfurecido —dijo mistress Bantry.

—Pensé en Peter, ¿comprende? Todo el porvenir de Peter depende de Jeff. Jeff lo considera casi como nieto suyo... así lo creía yo. Pero, claro, no es su nieto. No les une ningún parentesco. ¡Y pensar que iba a ser desheredado! —Sus manos firmes y bien formadas temblaron levemente sobre el halda donde reposaban—. Porque eso era lo que parecía, desheredado por una sacacuartos estúpida y ordinaria... ¡Oh! ¡La hubiera matado! —Se interrumpió, como herida por el rayo. Los hermosos ojos de color avellana miraron a mistress Bantry suplicantes y horrorizados. Exclamó—: ¡Qué cosa tan terrible acabo de decir!

Hugo McLean se acercó rápidamente a ellas por detrás.

—¿Qué es esa cosa tan terrible que acabas de decir? —preguntó

—Siéntate, Hugo. Conoces a mistress Bantry, ¿verdad?

McLean ya la había saludado con anterioridad.

Addie Jefferson contestó a la pregunta de Hugo:

—Le decía que me hubiera gustado matar a Ruby Keene.

Hugo McLean reflexionó unos instantes.

—No, yo no diría eso. Pudiera interpretarse mal.

Sus ojos, ojos pensativos, grises, de sostenida mirada, le contemplaron expresivamente.

—Tienes que andar con pies de plomo —le aconsejó.

Y había una advertencia en sus palabras.

Cuando miss Marple salió del hotel y se reunió con mistress Bantry unos minutos más tarde, Hugo McLean y Adelaide Jefferson caminaban juntos por el sendero en dirección al mar.

Miss Marple tomó asiento y observó.

—Parece muy adicto.

—¡Le ha sido adicto muchos años! Uno de esos hombres.

—Lo sé. Como el comandante Bury. Anduvo rondando a una viuda angloindia años y años. ¡Era una broma ya entre sus amigas! Al final, cedió. ¡Pero por desgracia, diez días antes de la fecha fijada para el matrimonio, se fugó con el conductor de su automóvil! ¡Una mujer tan simpática como eral ¡Tan equilibrada, tan formal!

—La gente hace cosas muy raras —asintió mistress

Bantry—. Me hubiera gustado que estuviese aquí hace un momento, Jane. Addie Jefferson me estuvo contando su vida... me dijo que su marido se gastó todo el dinero, pero que nunca se lo había contado a mister Jefferson. Y luego, este verano, a ella le parecieron las cosas un tanto distintas...

Miss Marple movió afirmativamente la cabeza.

—Sí. Supongo que se rebelaría al ver que se le obligaba a vivir en el pasado, ¿no es eso? Después de todo, hay un tiempo para cada cosa. No puede una estarse sentada años y años en casa con las cortinas corridas. Supongo que mistress Jefferson las descorrió y se quitó el mantón de viuda, y a su suegro, claro está, no le gustó. Se sintió abandonado, aunque no supongo ni por un instante que adivinara quién era la persona que le había incitado a ello. Sin embargo, no cabe la menor duda de que no le gustaría. Conque, claro, al igual que mister Badger cuando su mujer se dedicó al espiritismo, estaba madura para lo que ocurrió. Cualquier muchacha medio bonita que escuchara atentamente hubiese servido.

—¿Crees tú —dijo mistress Bantry— que esa prima Josie la trajo aquí deliberadamente... que se trata de una conspiración de familia?

Miss Marple negó con la cabeza.

—No, no lo creo ni muchísimo menos. No creo que Josie tenga la clase de mentalidad que prevé la reacción de la gente. Es un poco dura de cabeza en ese sentido. Tiene uno de esos cerebros astutos, limitados y prácticos que jamás prevén el porvenir y a los que el porvenir generalmente asombra.

—Parece haber sorprendido a todo el mundo —comentó mistress Bantry—. A Addie... y a Mark Gaskell también... aparentemente.

Miss Marple sonrió.

—Seguramente tendría él otras cosas en qué pensar. ¡Un hombre osado, de errabunda mirada! No la clase de viudo inconsolable años enteros, por mucho que haya querido a su esposa. Yo creo que los dos se revolvían inquietos bajo el yugo del recuerdo perpetuo del viejo. Sólo que —agregó miss Marple con cierto cinismo— es mucho menos duro de sobrellevar para los caballeros.

En aquel preciso instante Mark estaba confirmando las palabras que sobre él se decían en una charla con sir Henry Clithering. Con su característica franqueza, Mark había ido derecho al grano.

—Acaba de ocurrírseme —dijo— que soy el «Sospechoso Favorito Número Uno» para la policía. Han estado profundizando en mis dificultades económicas. Estoy sin un penique, o casi, ¿sabe? Si mi querido Jeff muere, de acuerdo con lo esperado, dentro de un mes o dos, y si Addie y yo nos repartimos los cuartos de acuerdo con lo esperado, todo irá bien. La verdad es que debo la mar de dinero. Si me doy el batacazo, va a ser un batacazo de padre y muy señor mío. Si logro evitarlo, ocurrirá todo lo contrario... Saldré airoso y seré un hombre muy acaudalado.

—Es usted un jugador, Mark —afirmó su interlocutor.

—Siempre lo he sido. Hay que arriesgarlo todo... ¡ése es mi lema! Sí. Es una suerte para mí que alguien estrangulara a esa chica. Yo no lo hice. No soy estrangulador. En realidad, no creo que pudiera matar a nadie. Soy demasiado pacífico. Pero no supongo que pueda pedirle a la policía que crea eso. Debo parecerles la respuesta enviada por el Cielo a las súplicas de un investigador criminalista. Tenía motivos, me hallaba en escena, no estoy cargado de elevados escrúpulos morales... No comprendo por qué no me han metido en la cárcel ya. Ese superintendente tiene una mirada muy desagradable.

—Posee usted esa cosa que tan útil resulta: una coartada.

—¡No hay cosa más sospechosa que una coartada! ¡No hay persona inocente que tenga una coartada jamás! Además, todo depende de la hora de la muerte o algo así. Y puede usted tener la seguridad de que si tres médicos dicen que la muchacha murió a medianoche, se encontrarán por lo menos seis que jurarán, convencidos, que murió a las cinco de la mañana. ¿Y dónde estará mi coartada entonces?

—Sea como fuere, tiene usted humor para bromear.

—Es de muy mal gusto, ¿verdad? —dijo Mark alegremente—. En realidad, estoy bastante asustado. Uno se asusta... tratándose de asesinato. Y no crea que no le compadezco a Jeff. En realidad, sí que le compadezco. Pero es mejor así, por terrible que haya sido el golpe, que si la hubiera pillado en un renuncio.

—¿Qué quiere decir con eso?

Mark guiñó un ojo.

—¿Adónde se fue la muchacha anoche? Le apuesto lo que usted quiera a que se largó a ver a un hombre.

A Jeff no le hubiera gustado eso. No le hubiera gustado ni pizca. Si hubiese descubierto que ella le estaba engañando... que no era la ingenua charlatana que parecía ser... Bueno, mi suegro es un hombre muy raro. Es un hombre que tiene un gran dominio sobre sí. Pero puede perder ese dominio y entonces... ¡ojo con él!

Sir Henry le miró con curiosidad.

—¿Le tiene usted cariño?

—Le tengo muchísimo cariño... y al mismo tiempo estoy resentido con él. Procuraré explicarme. Conway Jefferson es un hombre al que le gusta dominar lo que le rodea. Es un déspota benévolo, bondadoso, generoso y afectuoso... pero es él quien toca la música y los demás han de bailar a su son.

Mark Gaskell hizo una pausa.

—Yo amaba a mi esposa. Jamás me inspirará el mismo sentimiento ninguna otra persona. Rosamund era sol, alegría y flores, y cuando murió, me sentí igual que el boxeador que acaba de recibir el golpe que le deja fuera de combate. Pero el árbitro lleva contando mucho tiempo ya. Soy un hombre después de todo. Me gustan las mujeres. No quiero casarme otra vez... ni mucho menos. Pero es igual. He tenido que ser discreto, pero he pasado mis buenos ratos a pesar de todo. La pobre Addie no ha sido tan afortunada. Addie es muy buena, de verdad. Es la clase de mujer con quien les gusta casarse a los hombres... y no para compartir el lecho matrimonial. Déle usted media ocasión de hacerlo y se volvería a casar. Y será muy feliz y hará muy feliz a su marido también. Pero

Jeff no pensaba en ella más que como esposa de su hijo Frank... y la hipnotizó hasta el punto de que ella misma sólo se viera como tal. Él no lo sabe, pero hemos estado encarcelados. Yo me fugué de mi celda sin llamar la atención, hace mucho tiempo ya. Addie se escapó de la prisión este verano... y fue una tremenda sacudida para Jeff. Deshizo su mundo. Resultado: Ruby Keene.

> *Pero ella está muerta y en la tumba la vi.*
> *¡Oh, cuánto ha cambiado el mundo para mí!*

—Venga a echar un trago, Clithering.

«No tiene nada de extraño —pensó sir Henry—, que la policía encuentre altamente sospechoso a Mark Gaskell».

CAPÍTULO XV

E l doctor Metcalf era uno de los médicos más conocidos de Danemouth. No tenía modales agresivos, pero su presencia en el cuarto del enfermo surtía invariablemente un efecto estimulante. Era de edad madura y tenía una voz tranquila y agradable.

Escuchó atentamente al superintendente Harper y replicó a sus preguntas con metódica precisión.

—Así, pues —dijo Harper—, ¿puedo considerar que lo que me dijo mistress Jefferson es exacto, doctor Metcalf?

—Sí. La salud de mister Jefferson se encuentra en precario estado. Hace ya varios años que se atormenta a sí mismo implacablemente. En su determinación de vivir como otros hombres, ha vivido muchísimo más intensamente que un hombre normal de su edad. Se ha negado a descansar, a tomarse las cosas con tranquilidad, a ir despacio... y a hacer caso de todas las frases que tanto sus otros consejeros médicos como yo hemos empleado para darle a conocer nuestra opinión. El resultado es que ese hombre puede compararse a una máquina que ha trabajado más allá de su capacidad. El corazón, los pulmones, la presión arterial... todo acusa tensión excesiva.

—¿Dice usted que mister Jefferson se ha negado rotundamente a escucharlos?

—Sí. Y no crea que lo critique por ello, ni que vaya pregonándolo a mis otros pacientes, mister Harper, pero tanto da que un hombre se desgaste como que se oxide. Muchos de mis colegas lo dicen, y créame, no es mal sistema. En un sitio como Danemouth, uno lo ve todo al revés por lo general. Inválidos que se aferran a la vida, aterrados de hacer un esfuerzo demasiado grande, temerosos de la menor corriente de aire, de un microbio perdido, de una comida poco juiciosa...

—Sí, supongo que tiene usted razón. Así pues, todo se reduce a lo siguiente: Conway Jefferson es bastante fuerte físicamente hablando... o, mejor dicho, muscularmente hablando. Y a propósito, ¿qué es lo que puede hacer en cuanto a actividades físicas se refiere?

—Tiene una fuerza hercúlea en los brazos y en los hombros. Era un hombre muy fuerte antes de su accidente. Es muy diestro en el manejo de su sillón de ruedas, ir de la cama al sillón, por ejemplo.

—¿No es posible para un hombre que ha sufrido un accidente así usar piernas artificiales?

—En su caso, no. Sufrió daños irreparables en la espina dorsal.

—Comprendo. Permítame un resumen: Jefferson es fuerte y se halla perfectamente en cuanto a los músculos se refiere, ¿pero se siente bien y todo eso?

Metcalf movió afirmativamente la cabeza.

—Pero tiene el corazón enfermo —diagnosticó—. Cualquier exceso, sacudida o susto, podría matarlo. ¿Entiende?

—Poco más o menos. Los excesos le están matando poco a poco, porque no quiere ceder cuando se siente cansado. Eso agrava su estado cardíaco. Según se desprende de su diagnóstico, doctor, no es probable que los excesos lo maten de repente, pero una sacudida inesperada o un susto podrían hacerlo con facilidad. Por eso avisé expresamente a su familia. Pero lo cierto es que una sacudida no le mató. Me refiero a que no podía haber recibido una sacudida más fuerte que la que ha recibido con este asesinato y, sin embargo, está vivo.

El doctor Metcalf se encogió de hombros.

—Ya lo sé. Pero si usted hubiera tenido la experiencia que yo, superintendente, sabría que el historial de estos casos demuestra que es imposible pronosticar con exactitud. La gente que debiera morir de susto y exposición no muere de susto y exposición... El cuerpo humano es más resistente de lo que uno pueda imaginar. Además, la experiencia me ha demostrado que una sacudida física es fatal con más frecuencia que una sacudida psíquica. En pocas palabras: es más fácil que un portazo inesperado matase a mister Jefferson, que el conocimiento de que una muchacha a la que él apreciaba hubiese muerto de una forma horrible.

—¿Por qué?

—Una mala noticia casi siempre provoca una reacción defensiva. Insensibiliza, por decirlo así, a quien la recibe. Lo incapacita, de momento, a «interiorizarla», ¿me comprende». Se requiere algo de tiempo para que se filtre y el que la reciba se percate, se empape y la comprenda. Pero un portazo, o que alguien salte de pronto de un armario, o que se le eche encima un automóvil cuando cruza la calle, y todas esas cosas, son inmediatas en su acción. El corazón da un salto de terror o se le vuelca a uno el corazón, como suelen decir los profanos.

—Pero no me negará que la sacudida por el asesinato de la muchacha hubiera podido causarle la muerte fácilmente a mister Jefferson?

—Fácilmente —asintió el doctor, mirando con curiosidad a su interlocutor—. ¿No creerá usted que...?

—No sé qué creer —respondió el superintendente Harper muy enfadado.

—Pero reconocerá usted, que las dos cosas encajarían bien juntas —le dijo Harper un poco más tarde a sir Henry Clithering—. Mataría dos pájaros de un tiro. Primero la muchacha... y, de paso, la noticia de su muerte acabaría con mister Jefferson también... antes de que tuviese ocasión de cambiar el testamento.

—¿Cree usted que lo cambiará?

—Más probabilidades tiene usted de saber eso que yo. ¿Qué opina?

—No lo sé. Antes de que Ruby Keene apareciese en escena sé que había legado su dinero a Mark Gaskell y a mistress Jefferson por partes iguales. No veo por qué habría de cambiar de intención ahora sobre ese particular. Pero claro está, podría hacerlo. Podría dejar su fortuna a una protectora de animales o una fundación para ayudar a bailarinas pobres.

El superintendente asintió.

—Cualquiera sabe por dónde va a salir la locura de un hombre... sobre todo cuando no cree que exista obligación moral alguna en cuanto se refiere al reparto de su fortuna, si no hay parientes consanguíneos en este caso.

—Le tiene afecto al chico... a Peter —dijo sir Henry.

—Usted sabrá mejor que yo si lo considera como nieto suyo.

—No... no creo que lo considere como tal.

—Hay otra cosa que me gustaría preguntarle, señor. Es algo que no puedo juzgar por mí mismo. Pero son amigos de usted y usted debiera saberlo. Me gustaría conocer hasta qué punto mister Jefferson quiere a mister Gaskell y a la joven mistress Jefferson. Nadie duda de que les tenía mucho afecto a los dos... ¿pero les tenía cariño, según yo lo veo, porque eran, respectivamente, marido y mujer de su hija y de su hijo? Aunque supongamos, por ejemplo, que uno de ellos se hubiera vuelto a casar...

Sir Henry reflexionó.

—Es un punto interesante el que toca usted. No lo sé. Me inclino a sospechar, y ésta es mera opinión mía, que hubiera cambiado mucho su actitud. Les hubiera deseado lo mejor y no les hubiera guardado rencor, pero creo... sí, sí, estoy convencido de que se hubiera interesado muy poco por ellos ya.

—¿En ambos casos, señor?

—Creo que sí. En el caso de mister Gaskell, casi seguro, y en el caso de mistress Jefferson, me inclino a creer que también, aunque en este caso no estoy tan convencido como en el otro. Yo creo que a ella la quería por ella misma.

—El sexo tendría algo que ver con eso —dijo el superintendente—. Le resultaría más fácil considerarla a ella como hija que a mister Gaskell como hijo. Lo mismo puede decirse en sentido inverso. Las mujeres aceptan a un yerno como si fuera de la familia, sin dificultad, pero rara vez una mujer considera como hija suya a la mujer de su hijo. —Tras una pausa Harper prosiguió—: ¿Tiene inconveniente en que vayamos por este camino hasta el campo de tenis? Veo que miss Marple está sentada allí. Quiero pedirle un favor. Mejor dicho, quiero obtener la colaboración de ustedes dos.

—¿En qué forma, superintendente?

—Quisiera que consiguiesen datos que yo no puedo obtener. Desearía que usted abordara a Edwards.

—¿A Edwards? ¿Qué desea de él?

—Todo lo que a usted se le ocurra. Todo lo que sepa y piense. Las relaciones entre los diversos miembros de la familia, lo que él sepa u opine sobre la cuestión de Ruby Keene. Él conocerá mejor que nadie la situación... ¡Vaya si la conocerá! Y no me lo diría a mí. Pero se lo dirá a usted. Porque usted es un caballero y amigo de mister Jefferson. Y pudiera sonsacarle algo de todo eso. Es decir, si usted no tiene inconveniente, claro está.

—No tengo inconveniente. Se me ha mandado llamar urgentemente para que descubra la verdad. Tengo la intención de hacer todo lo posible por conseguirlo. ¿Y cómo quiere que le ayude miss Marple? —agregó.

—Con unas muchachas. Algunas de esas *Chicas guías*. Hemos escogido a una media docena o así... las que más amistad tenían con Pamela Reeves. Es posible que sepan algo.

—He estado pensando, ¿sabe? Se me antoja que, si esa muchacha iba a ir a los Almacenes Woolworth en realidad, intentaría convencer a alguna de las muchachas para que la acompañara. A las muchachas suele gustarles hacer sus compras acompañadas.

—Sí, creo que tiene usted razón.

—Creo que lo de Woolworth no fue más que una excusa. Quiero saber la verdad, dónde iba la muchacha. Quizá haya dejado escapar algo. En caso afirmativo, creo que miss Marple es la más indicada para sacarles esa información a las chicas. Entenderá a las muchachas y sabrá como tratarlas mejor que yo. Y sea como fuere, las chicas se asustarían si las preguntas se las formulara la policía.

—Ésa es una clase de problema doméstico que entra de lleno en la especialidad de miss Marple. Es muy perspicaz, ¿sabe?

—Ya lo creo que lo es —dijo sonriente Harper—. Se le escapan muy pocas cosas a esta señorita.

Miss Marple alzó la cabeza al acercarse los dos hombres y los recibió con cordialidad. Escuchó la petición del superintendente y asintió sin vacilar.

—Me gustaría muchísimo ayudarle, superintendente, y creo, en efecto, que quizá pudiera serle útil en algo. Entre la escuela dominical, la organización infantil, nuestras *chicas guías*, el orfanato... formo parte de las respectivas juntas, ¿saben? Voy con frecuencia a charlar un rato con las directoras, con las criadas... Suelo tener tratos a menudo con chicas jóvenes. Oh, sí, tengo mucha experiencia en eso y sé distinguir cuándo dice la verdad una muchacha y cuándo me oculta algo.

—Total, que es usted una experta.

—¡Oh, por favor! No se ría usted de mí, sir Henry.

—No se me ocurriría jamás reírme de usted. Ha tenido usted ocasión de reírse de mí con demasiada frecuencia.

—¡Es que una ve tanta maldad en un pueblo! —murmuró miss Marple.

—A propósito —dijo sin Henry—, he aclarado un punto acerca del cual me interrogó usted. El superintendente me dice que fueron hallados recortes de uña en la papelera de Ruby.

—¿Ah, sí? —dijo pensativa—. Es bueno saberlo...

—¿Por qué deseaba usted saberlo, miss Marple? —inquirió el superintendente.

—Era de las cosas que... bueno, que no me parecían bien cuando vi el cadáver. Había algo anormal en las manos, y al principio no conseguía adivinar qué era. Luego me di cuenta de que las muchachas que se acicalan mucho suelen llevar las uñas muy largas. Claro está, ya sé que hay muchas muchachas que se muerden las uñas. Es una de esas feas costumbres que cuesta erradicar. Pero la vanidad contribuye muchas veces a que una se quite el vicio. Sin embargo, supuse que esa muchacha no se había curado. Y luego el niño... me refiero a Peter, ¿sabe...? Dijo algo que demostraba que Ruby llevaba las uñas largas, sólo que se le había enganchado una y se le había roto. Conque entonces, claro, podía ser que hubiera recortado las otras para igualarlas y pregunté lo de los recortes, y sir Henry me dijo que lo averiguaría.

—Ha dicho usted hace un momento que era «una de los cosas que no le parecían bien cuando vio el cadáver» —observó sir Henry—. ¿Había alguna otra cosa?

Miss Marple asintió con un gesto.

—¡Oh, sí! —respondió—. El vestido. El vestido era muy viejo.

Los dos hombres la miraron con curiosidad y sumamente interesados.

—¿Por qué? —inquirió sir Henry.

—Pues verá, era un vestido viejo. Josie lo dijo bien claramente y yo misma pude comprobar que estaba muy gastado y hasta deshilachado. Eso no encaja.

—No veo por qué.

Las mejillas de la anciana se colorearon un poco.

—Verá... La idea que se tiene es la de que Ruby Keene se cambió de vestido para ir a entrevistarse con alguien de quien estaba enamorada.

—Ésa es la teoría —asintió el superintendente—. Estaba citada con alguien... con un amigo se supone.

—Entonces —exigió la anciana—, ¿por qué se puso un vestido viejo?

El superintendente se rascó la cabeza, pensativo.

—Comprendo, ¿usted cree que se hubiera puesto uno nuevo para eso?

—Creo que se pondría el mejor que tuviese. Las muchachas hacen eso.

—Sí, pero escuche miss Marple —intervino sir Henry—. Suponga que saliera para esa cita en coche descapotable, o quizá a pie por un mal camino. En tal caso no querría correr el riesgo de estropear un vestido nuevo y se pondría uno viejo.

—Eso sería lo sensato —asintió el superintendente.

—Lo sensato sería ponerse pantalón y jersey, o un traje sastre de mezclilla —dijo miss Marple volviéndose hacia él y muy animada—. Eso, claro está, sin querer pecar de esnobismo, pero me temo que es inevitable, eso es lo que una muchacha de... de nuestra clase haría.

»Una muchacha de buenos principios y bien educada —continuó la anciana, animándose más—, siempre procura llevar la ropa adecuada para cada ocasión. Quiero decir que, por muy caluroso que fuera el día, una muchacha así jamás se presentaría en una cacería con un vestido de seda adornado con flores.

—¿Y cuál es el vestido adecuado para encontrarse con un pretendiente? —preguntó sir Henry.

—Si le iba a ver dentro del hotel o en algún sitio donde se llevara traje de noche, se pondría su mejor traje de noche, naturalmente... pero fuera, le parecería que estaría ridícula con un traje de noche y se pondría el traje deportivo más atractivo que poseyera.

—Concedido, Reina de la Moda. Pero Ruby...

Miss Marple lo interrumpió.

—Ruby, claro, no era... bueno, hablando en plata... Ruby no era una señora. Pertenecía a una clase que se pone la mejor ropa que tiene por muy poco en consonancia que esté con la ocasión. El año pasado salimos de excursión a Scrantor Rocks y merendamos allí, ¿sabe? Le hubiera sorprendido ver cuán fuera de lugar vestían algunas de las muchachas. Trajes de seda fina, zapatos de charol, elaboradísimos sombreros... Total para escalar rocas y andar por entre matorrales y brezos... Y los jóvenes se pusieron los mejores trajes que tenían. Claro está, el andar por carretera es distinto. Para eso casi hay un uniforme... y las muchachas no parecen darse cuenta de que el pantaloncito corto les sienta muy mal, a menos que tengan una bonita figura.

—Y usted cree que Ruby Keene... —dijo el superintendente con lentitud.

—Yo creo que se hubiera dejado puesto el vestido que llevaba... el de color rosado. Sólo se lo hubiese cambiado de haber tenido uno más nuevo aún.

—¿Qué explicación le da usted a eso, miss Marple?

—No he encontrado ninguna explicación todavía —contestó la anciana—, pero no dejo de pensar que es importante.

Capítulo XVI

Dentro de la jaula de alambre, la lección de tenis que Raymond Starr estaba dando había terminado.

Una mujer gruesa, de edad madura, emitió unos cuantos chillidos de agradecimiento, recogió una chaqueta azul celeste y empezó a caminar hacia el hotel.

Raymond gritó unas palabras alegres tras ella. Luego se volvió hacia el banco en que estaban sentados los tres espectadores. Llevaba las pelotas de tenis en una redecilla que le colgaba de la mano y la raqueta debajo del brazo. La expresión alegre y sonriente desapareció de su rostro como si se la hubieran borrado con una esponja. Parecía cansado y preocupado.

—Eso se acabó por lo menos.

Luego volvió a aparecer la sonrisa, aquella sonrisa encantadora, juvenil, expresiva, que tanto armonizaba con su atezado rostro moreno y agradable.

Sir Henry se preguntó qué edad tendría aquel hombre. ¿Veinticinco, treinta, treinta y cinco? Resultaba imposible adivinarlo.

—Ésa no aprenderá nunca a jugar —dijo, sacudiendo un poco la cabeza.

—Todo esto debe ser lo más aburrido para usted —dijo miss Marple.

—A veces, sí. Sobre todo a fines de verano. Durante algún tiempo el pensar en la paga le anima a uno, pero ni siquiera eso logra estimular la imaginación al final.

El superintendente se puso en pie.

—Pasaré a buscarla dentro de media hora, miss Marple —dijo de golpe, poniéndose en pie—. ¿Le parece bien?

—Muy bien, gracias. Estaré preparada.

Harper se fue. Raymond se quedó mirando tras él.

—¿Desean algo de mi?

—Siéntese —dijo sir Henry—. ¿Quiere un cigarrillo?

Le ofreció la pitillera, preguntándose al mismo tiempo por qué experimentaba cierta sensación de prejuicio contra Raymond Starr. ¿Sería simplemente porque era profesor de tenis y bailarín profesional? Si tal era el caso, no sería por el tenis, sino por el baile. Los ingleses, decidió sir Henry, desconfían de todo hombre que baile demasiado bien. Aquel hombre se movía con demasiada soltura. Ramón... Raymond,... ¿cuál sería su nombre? Se lo preguntó bruscamente.

Al otro pareció caerle en gracia.

—Ramón fue el nombre primitivo profesional. Ramón y Josie... Algo español, más acorde con nuestros números. Luego hubo una especie de prejuicio contra todo lo extranjero. Por eso me convertí en Raymond... muy británico.

—Y su nombre, ¿cuál es en realidad?

El sonrió.

—Me llamo Ramón, en efecto. Mi abuela era argentina, ¿comprende...? —«Así se explica por qué mueve las caderas de tal forma», pensó sir Henry—. Pero mi nombre de pila es Tomás. ¿Verdad que es prosaico?

Se volvió a sir Henry.

—Usted es del Devonshire, ¿verdad, caballero? ¿De Stane? Mi familia vivía por allí, en Alsmonston.

El rostro de sir Henry se animó.

—¿Es usted uno de los Starr de Alsmonston? No había pensado en esa posibilidad.

—No... no creí que lo pensara.

Había algo de amargura en su voz.

—Mala suerte... —dijo sir Henry con cierto embarazo—. Ah... todo aquello.

—¿El que hubiera de vender la casa después de pertenecer trescientos años a la familia? Sí que fue bastante mala suerte. Sin embargo, los de nuestra clase han de desaparecer, supongo. Hemos dejado de ser útiles al mundo. Mi hermano mayor se marchó a Nueva York. Está metido en el negocio editorial y le va bien. Los demás estamos dispersos por todo el mundo. Es difícil encontrar trabajo hoy en día cuando lo único que puede decir uno a su favor es que ha recibido una educación universitaria. A veces, si tiene uno suerte, le ofrecen trabajo de recepcionista en un hotel. Los modales universitarios sí tienen aplicación allí. La única colocación que yo pude conseguir fue la de encargado de la exportación de una casa de lampistería, fontanería y artículos sanitarios.

Para vender baños soberbios de porcelana color melocotón y limón. Tenía unas salas enormes. Pero como que yo nunca me sabía el precio de los artículos, ni cuándo podían ser entregados, acabaron despidiéndome.

»Las únicas cosas que sí sabía hacer era bailar y jugar al tenis. Me contrataron en un hotel de la Costa Azul. Allí se ganaba dinero. Me iba bastante bien. Hasta que un día oí a un coronel, un coronel de verdad, increíblemente viejo, inglés hasta la médula, que siempre estaba hablando de la India. Se acercó al gerente y le preguntó a voz en grito: «¿Dónde está el gigoló? Quiero encontrar al gigoló éste. Mi esposa y mi hija quieren bailar, ¿sabe? ¿Dónde está? ¿Cuánto le cobra a uno por bailar?

»Fue una estupidez molestarme, pero me molesté. Dejé el empleo y me vine aquí. Menos sueldo, pero un trabajo más agradable. Casi todo se reduce a enseñar tenis a mujeres que nunca, nunca, nunca sabrán jugarlo. A eso y a bailar con las hijas de clientes adinerados a las que nadie quiere por pareja. Bueno, la vida es así, supongo. ¡Perdonen que les haya estado contando mis desdichas!

Rió. Le destellaron los blancos dientes, sonrieron sus ojos. Pareció de pronto sano, feliz y exuberante de vida.

—Me alegro de haber tenido esta oportunidad de charlar con usted.

—¿Acerca de Ruby Keene? No puedo ayudarles. No sé quién la mató. Sabía muy poco de ella. No me hizo depositario de sus confidencias.

—¿La encontraba usted simpática? —le sonsacó miss Marple.

—No gran cosa. Pero tampoco la encontraba antipática.

—Así que... ¿no puede sugerir nada? —dijo sir Henry.

—Me temo que no... Se lo hubiera dicho al superintendente de saber algo. A mí se me antoja uno de esos crímenes de baja estofa... sin indicios, sin móviles.

—Dos personas tenían motivos para cometerlo —dijo miss Marple.

Sir Henry la miró boquiabierto. Raymond pareció sorprendido.

—¿De veras? —dijo éste.

Miss Marple miró con insistencia a sir Henry, y éste dijo a regañadientes:

—La muerte de esa muchacha beneficia probablemente a mistress Jefferson y a mister Gaskell en unas cincuenta mil libras esterlinas.

—¿Cómo? —Raymond pareció sobresaltado de verdad, trastornado—. Pero eso es absurdo, completamente absurdo. Mistress Jefferson... ninguno de los dos puede haber tenido nada que ver con el asunto. Resultaría increíble pensar en semejante cosa.

Miss Marple tosió.

—Me temo, ¿sabe? —dijo con dulzura—, que es usted un poco idealista.

—¿Yo? —rió—. ¡No lo crea! ¡Soy un cínico rematado!

—El dinero —dijo miss Marple— constituye un móvil muy poderoso.

—Tal vez —asintió Raymond, con calor—, pero no admito que ninguno de esos dos estrangulara a una muchacha a sangre fría...

Se puso en pie repentinamente.

—Aquí está mistress Jefferson. Viene a tomar su lección. Llega tarde. —Su voz tenía un deje humorístico—. Viene con diez minutos de retraso.

Adelaide Jefferson y Hugo McLean caminaban rápidamente hacia ellos.

Excusándose sonriente por su retraso, mistress Jefferson siguió hasta la pista. McLean se sentó en el banco. Después de preguntar cortésmente si a miss Marple le molestaba el humo, encendió la pipa y fumó unos minutos en silencio, observando a los jugadores.

—No comprendo para qué quiere tomar lecciones, Addie —dijo convencido—. Jugar un partido, sí. Nadie se divierte jugando al tenis más de lo que me divierto yo. Pero, ¿por qué tomar lecciones?

—Quiere llegar a jugar mejor —sugirió sir Henry lentamente.

—No es mala jugadora —respondió Hugo—. Lo bastante buena por lo menos. ¡Qué rayos! ¡No piensa tomar parte en ningún campeonato! —Guardó silencio un minuto o dos. Luego dijo—: ¿Quién es ese Raymond? ¿De dónde salen esos profesionales? A mí me parece extranjero.

—Es uno de los Starr de Devonshire —contestó sir Henry.

—¿Cómo? ¿De veras?

Sir Henry movió afirmativamente la cabeza. Era

evidente que la noticia le resultaba desagradable a
McLean. Puso peor cara que nunca.

—A Addie no parece haberla afectado en absoluto
este asunto. En su vida ha tenido mejor aspecto. ¿Por
qué me mandaría llamar?

Sir Henry le preguntó con cierta curiosidad:

—¿Cuándo le mandó llamar?

—Oh... cuando sucedió todo esto.

—¿Cómo lo supo usted? ¿Por teléfono o por telegrama?

—Por telegrama.

—Por simple curiosidad... ¿cuándo fue expedido el
telegrama?

—Pues... no lo sé exactamente.

—¿A qué hora lo recibió usted?

—No lo recibí exactamente. Si quiere que le diga la
verdad, me telefonearon su contenido.

—Pues, ¿dónde estaba usted?

—Había salido de Londres la tarde anterior. Estaba
en Danebury Head.

—¡Cómo... ! ¿Aquí cerca?

—Sí, es curioso, ¿verdad? Recibí el mensaje cuando
regresé de un partido de golf y vine aquí inmediatamente...

Miss Marple le miró pensativa. El hombre parecía
abochornado, molesto.

—He oído decir que se está muy bien en Danebury
Head y que no es muy caro.

—No, no es caro. No hubiera podido permitirme el
lujo de alojarme allí si lo hubiera sido. Es un sitio pequeño y delicioso.

—Hemos de darnos un paseo hasta allí algún día —dijo miss Marple.

—¿Eh? ¿Cómo? Oh... ah, sí. Yo en su lugar lo haría —se puso en pie—. Más vale que haga un poco de ejercicio... para abrir el apetito.

Se alejó con cierta rigidez.

—Las mujeres —dijo sir Henry— tratan a sus devotos admiradores muy mal.

Miss Marple sonrió sin responder.

—¿Le produce a usted la sensación de ser un hombre tenaz? —inquirió sir Henry—. Me gustaría saberlo.

—Un poco limitado en sus ideas, quizá —dijo mistress Marple—, pero con posibilidades, creo yo... oh, con posibilidades indudablemente.

Sir Henry se levantó a su vez.

—Ya es hora de que vaya a hacer mis cosas. Veo que mistress Bantry viene hacia aquí para hacerle compañía.

Mistress Bantry llegó sin aliento y se dejó caer en el asiento.

—He estado hablando con las camareras. Pero de nada sirve. ¡No he descubierto en absoluto nada más! ¿Crees tú que esa muchacha puede haber tenido de verdad relaciones con alguien sin que todo el mundo en el hotel lo ignorara?

—Ése es un punto muy interesante, querida. Yo dije rotundamente que no es posible. ¡Alguien lo sabe, ten la completa seguridad de ello! Pero tiene que haber hecho las cosas con mucha habilidad.

La atención de mistress Bantry había vagado hacia el campo de tenis.

—Addie está haciendo grandes progresos en tenis —dijo con aprobación—. Es un joven muy atractivo ese profesional. Addie está radiante. Aún es una mujer atractiva... No me sorprendería nada que se volviera a casar.

—Será una mujer rica también cuando se muera mister Jefferson —dijo miss Marple.

—¡Oh, no tengas siempre una mentalidad tan desagradable, Jane! ¿Por qué no has resuelto este misterio ya? No parecemos hacer el menor progreso. Yo creí que tú lo sabrías inmediatamente.

Mistress Bantry hablaba en tono de reproche.

—No, no, querida. No lo supe inmediatamente... tardé algún tiempo.

Mistress Bantry la miró con sobresalto.

—¿Quieres decir con eso que sabes ahora quién mató a Ruby Keene?

—¡Oh, sí! Eso lo sé.

—Pero, Jane, ¿quién es? ¡Dímelo en seguida!

Miss Marple sacudió la cabeza con firmeza.

—Lo siento, Dolly, pero eso no resultaría bien.

—¿Por qué no resultaría bien?

—Porque eres tan indiscreta... Irías por ahí diciéndoselo a todo el mundo... O si no lo dijeras, lo insinuarías.

—No lo creas. No se lo diría ni al gato.

—La gente que usa esa frase es la que nunca cumple su promesa. Es inútil, querida. Queda mucho camino que andar aún. Hay muchas cosas que siguen siendo muy oscuras. ¿Recuerdas cuando me opuse tanto a que mistress Partridge recaudara para la Cruz Roja y no pude decir por qué? Pues fue porque se le contrajo la mano de la misma manera que se le contraía a mi doncella Alicia cuando la mandaba a pagar los libros. Siempre pagaba un chelín de menos y les decía que podían agregarlo a la cuenta de la semana siguiente. Y eso fue, claro está, lo que hizo mistress Partridge exactamente, sólo que en mayor escala. Setenta y cinco libras esterlinas fueron las que ella malversó.

—Déjate ahora de mistress Partridge —dijo mistress Bantry.

—Es que tenía que explicarte mis razones. Y si quieres, te insinuaré algo acerca de lo que quieres saber. El error en este caso es que todo el mundo ha sido excesivamente crédulo. No puede una permitirse el lujo de creerse todo lo que la gente diga. Cuando hay algo sospechoso yo no me creo a nadie. Y es porque conozco la naturaleza humana muy bien.

Mistress Bantry guardó silencio unos minutos. Luego dijo, en distinto tono de voz:

—Te lo dije que no veía por qué no había de divertirme en este asunto, ¿verdad? ¡Un asesinato real en mi casa! La clase de cosa que no volverá a ocurrir.

—Espero que no.

—Y yo también. Con una vez basta. Pero es mi asesinato, Jane. Quiero sacarle toda la diversión posible.

Miss Marple le dirigió una mirada beligerante.

—¿No me crees, Jane? —le retó mistress Bantry.

—Claro que sí, Dolly querida, si tú me lo aseguras.

—Sí, pero tú nunca crees lo que te dice la gente,

¿verdad? Acabas de decirlo tú misma. Bueno, pues tienes muchísima razón.

La voz de mistress Bantry adquirió de pronto un dejo de amargura.

—No soy tonta del todo —declaró—. Podrás creer, Jane, que no sé lo que están diciendo por todo Saint Mary Mead... ¡por toda la comarca! Están diciendo, todos sin excepción, que no hay humo sin fuego. Que si la muchacha fue hallada en la biblioteca de Arthur, Arthur tiene que saber algo del asunto. Están diciendo que la muchacha era la amante de Arthur... que era su hija ilegítima... que le estaba haciendo víctima de un chantaje... ¡Están diciendo todo lo que se les ocurre! Y continuarán así. Arthur no se dará cuenta al principio... No sabrá lo que ocurre. Es tan buenazo y tan tonto que jamás creería que la gente sea capaz de pensar semejantes cosas de él. Le harán desprecios, le mirarán por encima del hombro y se irá dando cuenta poco a poco. Y de pronto quedará horrorizado y herido en lo más profundo de su alma. Y callará como una ostra y se limitará a aguantar día tras día el oprobio...

»Es precisamente por todo lo que le va a ocurrir a él por lo que he venido aquí a husmear y desenterrar todos los datos que pueda acerca del embrollo. ¡Es preciso aclarar este misterio! De lo contrario, la vida de Arthur quedará destruida... y me niego a consentir que ocurra esto. ¡Me niego! ¡Me niego! ¡Me niego!

Calló un momento y agregó luego:

—No consentiré que el pobre sufra los tormentos

del infierno por algo que no hizo. Ésa es la única razón de que viniera yo a Danemouth y le dejara a él solo en casa: vine a descubrir la verdad.

—Ya lo sé, querida —contestó miss Marple—. Para eso estoy yo aquí también.

Capítulo XVII

E n un cuarto tranquilo del hotel, Edwards estaba escuchando respetuosamente a sir Henry Clithering.

—Quiero hacerle ciertas preguntas, Edwards, pero antes de empezar, deseo que comprenda con claridad mi posición aquí. Fui en otros tiempos comisario de policía de Scotland Yard. Ahora me he retirado a la vida privada. Su amo me mandó llamar cuando ocurrió esta tragedia. Me suplicó que usara mi habilidad y mi experiencia para descubrir la verdad.

Sir Henry hizo una pausa.

Edwards, con los pálidos e inteligentes ojos fijos en su interlocutor, inclinó la cabeza.

—Comprendo, sir Henry.

—En todos los casos policíacos —continuó Clithering lenta y deliberadamente—, hay necesariamente mucha información que se oculta o retiene. Se retiene por diversas razones... porque está relacionada con un escándalo de familia, porque se considera que no tiene nada que ver con el asunto o porque significaría una situación embarazosa para las personas interesadas.

—En efecto, sir Henry.

—Supongo, Edwards, que ahora comprenderá usted claramente todos los puntos principales de este asunto. La difunta estaba a punto de convertirse en hija adoptiva de mister Jefferson. Había dos personas interesadas en que esto no sucediera. Esas dos personas son mistress Jefferson y mister Gaskell, la nuera y el yerno de mister Jefferson.

Apareció en los ojos del ayuda de cámara un momentáneo destello.

—¿Me es lícito preguntar —dijo— si recaen sospechas sobre ellos, señor?

—No hay imputaciones para ser detenidos, si es eso lo que usted quiere decir. Pero es natural que la policía sospeche de ellos y que continúe sospechando hasta que se esclarezca el asunto.

—Es una situación desagradable para ellos, señor.

—Muy desagradable. Ahora bien, para averiguar la verdad es preciso conocer todos los datos relacionados con el caso. Mucho depende, y tiene que ser así, de las relaciones, palabras y gestos de mister Jefferson y de su familia. ¿Qué sentimientos experimentaron, o exteriorizaron, qué cosas se dijeron? Le pido a usted, Edwards, información interior que sólo usted tendrá probablemente. Conoce usted la personalidad de su amo mejor que nadie. Habiéndolo observado tantas veces, es muy posible que sepa cuál era la causa de sus altibajos, de su forma de ser, en definitiva. Le estoy preguntando esto, no como policía, sino como amigo de mister Jefferson. Es decir, si alguna de las cosas que usted me diga no fuera, en mi opinión, pertinente al caso, yo no se la comunicaría a la policía.

Hizo una pausa.

—Le comprendo, señor —dijo Edwards, aprovechando esta pausa—. Quiere que hable con entera franqueza... que diga cosas que, en el curso normal de los acontecimientos no diría... y que, usted perdone, señor, ni usted mismo soñaría con escuchar siquiera.

—Es usted un hombre muy inteligente, Edwards. Eso es exactamente lo que quiero decir.

Edwards guardó silencio unos segundos.

—No es necesario decirle, señor —prosiguió—, que conozco a mister Jefferson bastante bien. Llevo con él muchos años. Y le veo, no sólo en escena, como quien dice, sino entre bastidores. A veces, señor, me he preguntado para mis adentros si es bueno que una persona luche contra el Destino de la manera que ha luchado mister Jefferson. Lo ha pagado muy caro. Si a veces hubiera podido ceder, ser un viejo desgraciado, solo y quebrantado... bueno, quizá hubiera resultado mejor para él a fin de cuentas. Pero ¡es demasiado orgulloso para eso! Caerá luchando. Ése es, desde luego, su lema.

»Pero eso, sir Henry, trae consigo mucho desgaste nervioso. Parece un caballero de muy buen genio. Yo le he visto con accesos de violenta ira durante los cuales apenas le dejaba hablar la rabia. Y la cosa que siempre le sublevaba, señor, era el engaño...

—¿Dice usted eso pensando en algo determinado, Edwards?

—Sí, señor. ¿Me pidió usted, señor, que hablara con completa franqueza?

—Eso es lo que quiero.

—Pues bien, sir Henry, en tal caso le diré que, en mi opinión, la joven con la que tanto se había encaprichado mister Jefferson no merecía que se acordaran de ella. Era, hablando en plata, una muchacha ordinaria a más no poder. Y mister Jefferson no le importaba a ella un bledo. Toda esa exhibición de afecto y gratitud era comedia pura. Yo no digo que hubiera maldad en ella... pero no era, ni con mucho, lo que mister Jefferson pensaba de ella. Eso era curioso, porque mister Jefferson se distinguía por su perspicacia. Rara vez se engañaba al juzgar a una persona. Pero, después de todo, un caballero no es ecuánime en sus juicios cuando se trata de una joven. Mistress Jefferson, en quien había confiado siempre mucho para obtener simpatías, había cambiado mucho este último verano. Él lo notó y lo sintió enormemente. Le profesaba mucho afecto, ¿sabe? A mister Mark, sin embargo, nunca le tuvo mucha simpatía.

—Y sin embargo, le tenía siempre a su lado.

—Sí, pero era por amor a miss Rosamund, la difunta mistress Gaskell. La adoraba. Mister Mark era el esposo de miss Rosamund. Sólo pensaba en él como tal.

—¿Y si mister Mark se hubiera casado otra vez?

—Mister Jefferson se hubiera puesto furioso.

Sir Henry enarcó las cejas.

—¿Tanto como eso?

—No lo hubiera exteriorizado, pero se hubiese puesto furioso igual.

—¿Y si mistress Jefferson se hubiera casado otra vez?

—A mister Jefferson no le hubiera gustado eso tampoco.

—Tenga usted la bondad de continuar, Edwards.

—Estaba diciendo, señor, que a mister Jefferson le dio la manía por esa muchacha. He visto ocurrir cosas así con frecuencia entre los caballeros a quienes he servido. Les contagia como si fuera una especie de enfermedad. Quieren proteger a la muchacha, escudarla y colmarla de beneficios... y el noventa por ciento de las veces la muchacha sabe protegerse sola divinamente y anda con ojo avizor para aprovechar la oportunidad.

—¿Cree usted que esa Ruby Keene era una intrigante?

—Verá, sir Henry, carecía de experiencia. Era tan joven... pero poseía todo lo necesario para ser una buena intrigante cuando le cogía el ritmo a la cosa, como quien dice. Dentro de cinco años hubiera sido una experta.

—Me alegro de conocer la opinión que usted tiene de ella. Es de gran valor. Y ahora, ¿recuerda usted algún incidente en que este asunto fuera discutido entre mister Jefferson y su familia?

—Hubo muy poca discusión, señor. Mister Jefferson dio a conocer sus propósitos y ahogó toda protesta. Es decir, ahogó los comentarios de mister Gaskell, que solía hablar muy claro. Mistress Jefferson no dijo gran cosa... es una señora muy controlada... Sólo le instó a que no hiciera nada precipitadamente.

Sir Henry movió afirmativamente la cabeza.

—¿Algo más, Edwards? ¿Cuál fue la actitud de la muchacha?

El ayuda de cámara se expresó con evidente disgusto.

—Yo la calificaría de jubilosa, señor.

—¡Ah...! ¿Jubilosa dice usted? ¿No tenía usted motivo alguno para creer, Edwards, que... —trató de hallar una frase que resultara adecuada para el ayuda de cámara— que...eh... estuviera enamorada de otro?

—Mister Jefferson no la pedía en matrimonio, señor. Sólo iba a adoptarla.

—Suprima usted el «de otro», y valga la pregunta.

El ayuda de cámara dijo lentamente:

—Sí que hubo un incidente, señor, del que yo fui testigo.

—Eso es una suerte. Cuénteme.

—Posiblemente carecerá de importancia, señor. Sólo fue que un día, al abrir la joven su bolso, se le cayó un retrato. Mister Jefferson lo cogió y dijo:

»—Vaya, vaya, Gatita, ¿quién es ése, eh?

»Era una instantánea de un joven moreno, de cabello desgreñado y corbata muy mal arreglada. Miss Keene fingió no saber nada de ella.

»—No tengo la menor idea, Jeffie —contestó—. Ni la menor idea. No sé cómo puede haber venido a parar a mi bolso. ¡Yo no la metí en él!

»Mister Jefferson no era tonto del todo. La contestación dejaba mucho que desear. Pareció enfadarse y frunció el entrecejo.

»—Vamos, gatita, vamos —dijo con voz ronca—. Tú sabes divinamente quién es él.

»La muchacha cambió entonces de táctica a toda prisa, señor. Pareció asustarse.

»—Ahora le reconozco. Viene aquí a veces y he bailado con él. No sé cómo se llama. El muy estúpido debe haberme metido en el bolso su retrato algún día. ¡Esos chicos son más tontos que ellos solos!

»Echó hacia atrás la cabeza, soltó una risita de conejo y cambió de conversación. Pero no era una explicación muy verosímil, ¿verdad? Y no creo que mister Jefferson la aceptara del todo. La miró una o dos veces después de eso con ojos penetrantes y, a veces, si la muchacha había salido, le preguntaba a su regreso dónde había estado.

—¿Ha visto usted por el hotel alguna vez el original de la fotografía? —preguntó sir Henry.

—No, que yo sepa, señor. Claro está, yo ando poco por abajo, por las salas abiertas al público.

Sir Henry asintió con la cabeza. Le hizo aún unas cuantas preguntas, pero Edwards no le pudo decir más.

En la comisaría de Danemouth el superintendente Harper estaba conferenciando con Jessie Davis, Florence Small, Beatrice Henniker, Mary Price y Lilian Ridgeway.

Tenían todas la misma edad aproximadamente y una mentalidad casi análoga. Entre ellas había de todo, desde la señorita provinciana hasta la hija de labradores y de comerciantes. Todas ellas contaban la misma historia.

Pamela Reeves había hecho lo de costumbre. No decirles a ninguna dónde pensaba ir, salvo que iría a los Almacenes Woolworth y que regresaría a casa en otro autobús.

En un rincón del despacho del superintendente había sentada una señora de edad. Las muchachas apenas se fijaron en ella. Si la vieron, debieron preguntarse quién podría ser. Desde luego, no era una de las matronas de la policía. Posiblemente supondrían que, como ellas, sería una persona llamada allí para ser interrogada.

Salió la última muchacha. El superintendente se secó la frente, se volvió para mirar a miss Marple. Su mirada era interrogadora, pero no esperanzada.

Sin embargo, miss Marple era de otro parecer.

—Me gustaría hablar con Florence Small.

Harper enarcó las cejas, pero asintió con un movimiento de cabeza y tocó el timbre. Se presentó un agente.

—Llame a Florence Small —ordenó.

Volvió a presentarse la muchacha, acompañada del agente. Era la hija de un labrador rico, una muchacha alta, de cabello rubio, boca con gesto de estupidez y ojos pardos asustados. Se retorcía la mano y parecía nerviosa.

El superintendente miró a miss Marple, que afirmó con la cabeza.

Harper se puso en pie.

—Esta señora te hará unas preguntas —dijo.

Y salió del despacho, cerrando la puerta tras de sí.

Florence dirigió una mirada inquieta a miss Marple. Sus ojos se parecían a los de uno de los becerros de su padre.

Miss Marple la miró cariñosamente.

—Siéntate, Florence —le pidió.

La muchacha se sentó, obediente. Sin darse ella misma cuenta, se sintió de pronto más a sus anchas, menos desasosegada. En lugar del ambiente extraño y aterrorizador de una comisaría encontraba ahora algo que le era más conocido: la voz de mando de alguien que estaba acostumbrada a dar órdenes.

—¿Has comprendido, Florence, que es de enorme importancia que se conozca todo lo que hizo la pobre Pamela el día de su muerte?

Florence murmuró que lo comprendía perfectamente.

—Y estoy segura de que quieres hacer todo lo que puedas para ayudar, ¿verdad?

La mirada de Florence expresaba cautela cuando contestó afirmativamente.

—El ocultar cualquier dato constituye un delito muy serio —prosiguió la anciana.

La muchacha se retorció los dedos, nerviosa. Tragó saliva un par de veces.

—Me hago cargo de que estás alarmada al verte obligada a entrar en contacto con la policía —dijo la anciana—. Tienes miedo también de que se te culpe por no haber hablado más pronto. Posiblemente también temes que te culpen de no haber detenido a Pamela entonces. Pero tienes que ser una muchacha valiente y confesar la verdad. Si te niegas a decir lo que sabes, será una cosa muy seria... muy seria, poco más o menos igual que cometer perjurio, y por eso, como sabes, pueden meterte en la cárcel.

—Yo... yo no...

—¡No mientas, Florence! —dijo miss Marple con brusquedad—. ¡Cuéntame toda la verdad inmediatamente! Pamela no iba a ir de compras a los Almacenes Woolworth, ¿verdad?

Florence se pasó la lengua por los resecos labios y miró implorante a miss Marple, como animal a punto de ser degollado.

—Era algo relacionado con las películas, ¿verdad?—inquirió la anciana.

Una expresión de intenso alivio y a la par de temeroso respeto cruzó el semblante de la muchacha. Desaparecieron todas sus inhibiciones.

—¡Oh, sí!

—Me lo figuraba. Ahora quiero que me des todos los detalles.

Las palabras se le escaparon a Florence a borbotones.

—¡Oh! ¡He estado tan angustiada...! Y es que le había prometido a Pam que no le diría una palabra a nadie, ¿comprende? Y luego, cuando la encontraron quemada en ese automóvil... ¡Oh! ¡Fue horrible y creí que me moriría! Me pareció que todo era culpa mía. Debí de haberla detenido. Sólo qué nunca pensé... no, ni un solo momento, que pudiera haber nada malo en ello. Y luego me preguntaron si había estado como siempre aquel día, y dije que sí antes de haber tenido tiempo de pensar. Y no habiendo dicho nada entonces, no vi cómo iba a poder decir nada después. Y después de todo, yo no sabía nada... en realidad sólo lo que Pam me contó.

—¿Qué te dijo Pam?

—Fue cuando íbamos a coger el autobús, camino de la reunión de las *Chicas Guías*. Me preguntó si era capaz de guardar un secreto y yo dije que sí, y ella me hizo jurar que no lo diría. Iba a ir a Danemouth a que le hicieran una prueba cinematográfica después de la reunión. Había conocido a un productor de películas... recién llegado de Hollywood, creo que dijo. Buscaba un tipo determinado de chica y le dijo a Pam que ella era precisamente lo que él andaba buscando. Le advirtió, sin embargo, que no se hiciera ilusiones. No era posible hablar con seguridad hasta ver si resultaba fotogénica. Podría resultar que no sirviera. Se trataba de un papel especial. Hacía falta una muchacha joven para desempeñarlo.

»Interpretaría a una colegiala que cambiaba de personalidad con una artista de revista y hacía una carrera maravillosa. Pam ha trabajado en obras de teatro en el colegio y es... era muy buena actriz. Él le dijo que seguramente sabría desempeñar muy bien un papel, pero que le haría falta un aprendizaje intensivo. No todo sería como coser y cantar. Tendría que trabajar mucho y muy duro. ¿Creía ella que podría soportarlo?

Florence Small se detuvo a tomar aliento. Miss Marple sintió náuseas al escuchar el conocido refrito de numerosas novelas y un sin fin de argumentos de película.

Pamela Reeves, como la mayoría de las muchachas, habría sido advertida de que no debía hablar con extraños... pero la aureola de romanticismo que rodea al cine le habría hecho olvidar todos los consejos.

—Lo trató desde un punto de vista completamente comercial —prosiguió Florence—. Dijo que, si la prueba salía bien, le extenderían un contrato. Y le dijo que, como era joven e inexperta, debería llevárselo a un abogado para que lo viera antes de firmarlo. Pero no debía decirle a nadie que había sido él quien le había aconsejado que lo hiciese así. Le preguntó si sus padres pondrían inconvenientes. Pam contestó que sí.

»—Sí, claro, ésa es siempre la dificultad de una muchacha tan joven como tú, pero creo que, si les explicas que ésta es una oportunidad maravillosa que seguramente no se te volverá a presentar en la vida, se avendrán a razones. Pero de todas formas —prosiguió él—, es inútil hablar de eso siquiera hasta ver si la prueba sale bien.

»No debía quedarse desilusionada si fracasaba. Le habló de Hollywood y de Vivien Leigh... cómo se había llevado todo Londres de calle... y como se producían saltos tan sensacionales desde la oscuridad a la fama. Él, personalmente, había vuelto de Estados Unidos para trabajar en los Estudios Lenville y dar un poco de dinamismo a las compañías inglesas cinematográficas.

Mistress Marple movió afirmativamente la cabeza.

—Con lo cual todo quedó acordado —continuó Florence—. Pam iba a ir a Danemouth después de la reunión y a entrevistarse con él en su hotel. Él la llevaría a los estudios. Le dijo que tenía un estudio pequeño para hacer pruebas en Danemouth. Le harían la prueba y después podría tomar el autobús y volver a su casa. Podría decir que había ido de compras. La avisaría dentro de unos días sobre cuál había sido el resultado de la prueba y, en caso de ser favorable, mister Harmsteiter, el dueño, iría a hablar con sus padres.

»Eso parecía maravilloso, claro está. ¡Le tenía yo una envidia...! Pam no pestañeó siquiera durante toda la reunión de las *Chicas Guías*... Siempre decíamos de ella que tenía cara de palo. Luego, cuando dijo que iba a Danemouth para visitar los Almacenes Woolworth, me guiñó un ojo.

Florence empezó a llorar.

—La vi echar a andar por el camino. Debí de haberla detenido. Debí de haberla detenido... ¡Debí de haber comprendido que una cosa así no podía ser verdad! Debía de haberlo dicho a alguien. ¡Dios mío, ojalá me muriera!

—Vamos, vamos... —Miss Marple le dio unos golpecitos en el hombro—. No te preocupes, nadie te echará a ti la culpa. Has hecho muy bien en decírmelo.

Dedicó unos minutos a animar a la muchacha.

Cinco minutos más tarde le contaba la historia al superintendente Harper. Este último se puso muy ceñudo.

—¡El muy canalla! —exclamó—. ¡Vive Dios que le arreglaré las cuentas a ése! Esto cambia totalmente el cariz de las cosas.

—Sí, en efecto.

Harper la miró de soslayo.

—¿No le sorprende? —dijo con curiosidad.

—Esperaba algo así, Harper.

—¿Qué le hizo escoger a esa muchacha precisamente? Todas parecían muertas de miedo y no había dónde escoger entre ellas.

—No ha tenido usted tanta experiencia como yo con muchachas que mienten —contestó con dulzura—. Florence le miraba a usted de hito en hito, si recuerda, y estaba muy rígida, y sólo movía los pies, nerviosa, como las demás. Pero no se fijó usted en ella cuando salía por la puerta. Me di cuenta en seguida de que tenía algo que ocultar. Casi siempre aflojan demasiado pronto la tensión de sus nervios. Janet, mi doncella, siempre lo hacía. Explicaba de una forma muy convincente que los ratones se habían comido la punta de un pastel y se delataba a sí misma sonriendo estúpidamente en el momento de salir de la habitación.

—Le estoy muy agradecido —dijo Harper. Y agregó pensativo—: Los Estudios Lenville, ¿eh?

Miss Marple no dijo nada. Se puso en pie.

—Me temo —dijo— que habré de marcharme a toda prisa. Me alegro de haber podido serle útil.

—¿Va usted a regresar al hotel?

—Sí... para hacer la maleta. He de regresar a Saint Mary Mead lo más aprisa posible. Tengo mucho que hacer allí.

Capítulo XVIII

Miss Marple salió de su casa, bajó el sendero de su bien cuidado jardín, salió al camino, entró por la verja del jardín de la vicaría, cruzó el jardín, se acercó a la ventana y golpeó suavemente el cristal con los nudillos.

El vicario estaba muy ocupado en su despacho preparando el sermón del domingo. Pero la esposa del vicario, que era joven y linda, estaba admirando los progresos que hacia su vástago arrastrándose por la estera delante de la chimenea.

—¿Puedo entrar, Griselda?

—Sí, entre miss Marple. ¡Fíjese en David! ¡Se enfada porque sólo sabe arrastrarse hacia atrás! Quiere llegar a alguna parte y, cuanto más lo intenta, más retrocede hacia el cubo del carbón.

—Está muy hermoso, Griselda.

—Sí, ¿verdad? —dijo la madre, intentando parecer indiferente—. Claro está que no me preocupo mucho de él. Todos los libros dicen que a una criatura hay que dejarla sola todo lo más posible.

—Eso es muy prudente, querida —aseguró miss

Marple—. ¡Ejem...! Vine a preguntarle si estaba usted recaudando para algo especial en estos momentos.

La mujer del vicario la miró con cierto asombro.

—Oh, para un montón de cosas —aseguró alegremente—. Siempre hay que recaudar para algo, las necesidades son muchas. —Fue contando con los dedos—: Está el fondo para restaurar la nave de la iglesia, las misiones de St. Giles, nuestro Bazar Benéfico del próximo miércoles, las madres solteras, la excursión de los *boy scouts*, la sociedad del Ganchillo, la llamada del obispo en apoyo de los pescadores de alta mar...

—Cualquiera de ellas sirve —dijo miss Marple—. Había pensado en dar una vueltecita, ¿sabe...? Con una libreta de recaudación, si me lo autoriza usted...

—¿Va usted con segundas? Apuesto a que sí. Claro que la autorizo. Recaude para el Bazar Benéfico. Resultaría muy agradable conseguir dinero de verdad en lugar de esas horribles almohadillas perfumadas, limpiaplumas divertidos y muñecas hechas con ropa vieja y trapos de quitar el polvo. Supongo —continuó Griselda, acompañando a la anciana hasta la puerta de vidrio—, que no querrá usted decirme de qué se trata.

—Más tarde, querida —dijo miss Marple, retirándose precipitadamente.

Exhalando un suspiro, mistress Clement volvió a la estera y, cumpliendo los preceptos de no preocuparse en absoluto de su hijo, le dio tres veces en el estómago con la cabeza, oportunidad que aprovechó el niño para agarrar el cabello de su madre y tirar de él con grandes muestras de alegría.

Luego rodaron los dos por el suelo dando gritos, hasta que se abrió la puerta y la doncella de mistress Clement anunció la visita de la feligresa de más influencia de la parroquia, a la que, por cierto, no le gustaban los niños.

—La señora está aquí.

Al oír esto, Griselda se incorporó y procuró asumir un aire de seriedad más acorde con su calidad de esposa del vicario.

Miss Marple, llevando en la mano un librito negro lleno de anotaciones en lápiz, caminó apresuradamente por la calle del pueblo hasta llegar a la encrucijada. Allí torció a la izquierda y pasó de largo por delante de la hostería del Blue Boar, deteniéndose ante Chatsworth, la casa nueva de mister Booker.

Entró por la puerta del jardín, se acercó a la casa y llamó a la puerta principal.

Abrió Dinah Lee, la joven rubia. Iba menos maquillada que de costumbre y parecía tener algo sucia la cara. Llevaba pantaloncito corto gris y un jersey color esmeralda.

—Buenos días —dijo miss Marple alegremente—. ¿Me permite que entre un instante?

Avanzó al hablar, de suerte que Dinah Lee no tuvo tiempo de reflexionar.

—Muchísimas gracias —dijo la anciana, mirándola con radiante y bondadosa expresión y sentándose con mucho cuidado en una silla de bambú.

—Hace bastante calor para la época del año en que

estamos, ¿verdad? —prosiguió miss Marple, rebosando genialidad.

—Sí, sí, en efecto —asintió miss Lee.

No sabiendo cómo hacer frente a la situación, abrió una caja y se la ofreció a su visita.

—Ah... ¿un cigarrillo?

—¡Cuánto se lo agradezco...! No fumo. Sólo vine para ver si conseguía su cooperación para la tómbola del Bazar Benéfico de la semana que viene.

—¿Bazar Benéfico? —exclamó Dinah Lee, como quien repite una frase en un idioma extranjero.

—En la vicaría —dijo miss Marple—. El miércoles que viene.

—¡Oh! —Miss Lee la miró boquiabierta—. Me temo que no podré...

—¿Ni siquiera una pequeña suscripción...? ¿Dos chelines y medio, quizá?

Enseñó el librito que llevaba.

—Oh... ah... bueno, sí... Creo que eso sí podré.

La muchacha pareció experimentar un gran alivio y empezó a rebuscar en su bolso.

La penetrante mirada de miss Marple estaba recorriendo la habitación.

—Veo que no tienen ustedes estera delante del fuego.

Dinah Lee se volvió y se la quedó mirando. No podía menos de darse cuenta del agudo escrutinio al que la anciana la estaba sometiendo, pero no despertó en ella más emoción que una leve molestia. Miss Marple lo notó.

—Es algo peligroso, ¿sabe? —dijo—. Saltan chispas del fuego y estropean la alfombra.

«¡Qué viejecilla más rara!», pensó Dinah. Pero dijo amablemente, aunque con cierta vaguedad:

—Había una estera antes. No sé dónde habrá ido a parar.

—Supongo —dijo la anciana— que sería de esas esteras lanosas, ¿verdad?

—De lana. —Empezaba a divertirse. ¡Qué vieja más excéntrica! Le ofreció una moneda de dos chelines y medio para su Bazar Benéfico.

—Aquí tiene —dijo.

Miss Marple la aceptó y abrió el librito.

—Ah... ¿A qué nombre lo anoto?

La mirada de Dinah se tornó de pronto dura y desdeñosa.

«¡La muy entrometida! —pensó—. Sólo ha venido para eso: a husmear y comadrear después».

—Miss Dinah Lee —dijo claramente y con maliciosa satisfacción.

Miss Marple la miró fijamente.

—Ésta es la casa de mister Basil Blake, ¿verdad?

—Sí, y yo soy miss Dinah Lee.

Sonó retadora su voz... echó hacia atrás la cabeza y centellearon sus ojos azules.

Miss Marple la miró sin parpadear.

—¿Me permite que le dé un consejo —inquirió—, aun cuando pueda considerarlo impertinente?

—Sí que lo consideraré una impertinencia. Más vale que no me lo dé.

—No obstante —dijo la anciana—, voy a hablar. Quiero aconsejarle que no continúe empleando su nombre de soltera en el pueblo.

Dinah se la quedó mirando.

—¿Qué... qué quiere usted decir?

—Dentro de muy poco tiempo —le aseguró muy seria— pudiera necesitar usted toda la simpatía y toda la buena voluntad que le podamos ofrecer. Es importante para su esposo también que se piense bien de él. Existen prejuicios en los distritos anticuados contra la gente que vive junta sin estar casada.

»Les habrá resultado divertido a los dos seguramente fingir que eso era lo que estaban ustedes haciendo. Mantienen alejada a la gente, de suerte que no viene a molestarles ninguna de las que seguramente llamarían «viejas entrometidas». No obstante, las viejas también sirven para algo.

—¿Cómo sabía que estábamos casados? —exigió Dinah.

Miss Marple sonrió despreciativa.

—¡Oh, querida... !

—¿Cómo lo sabía usted? —insistió Dinah—. No... no habrá ido a Somerset House*, ¿verdad?

Un destello apareció momentáneamente en los ojos de miss Marple.

—¿A Somerset House? ¡Oh, no! Pero era muy fácil adivinarlo. Todo se sabe en un pueblo. La... ah... clase de riñas que tienen, típicas de los primeros tiempos del matrimonio. Completamente distintas a las de personas que tienen relaciones ilícitas. Se dice, y con

---

* *Somerset House* es el edificio londinense en que se hallaban instalados, entre otros, el registro de nacimientos, de matrimonios y de defunciones. *(N. del T.)*

muchísima razón creo yo, que sólo puede exasperarse de verdad a una persona cuando se está casado con ella, ¿sabe? Cuando no existe ningún lazo legal la gente tiene mucho más cuidado... tienen que estar de continuo asegurando que son felices y que están muy bien. Tienen que justificarse, ¿comprende? ¡No se atreven a regañar! He observado que la gente casada goza hasta con sus riñas y con las... consecuentes reconciliaciones.

Hizo una pausa, mirándola con benignidad.

—Pues sí que... —Dinah calló y se echó a reír. Se sentó y encendió un cigarrillo—. ¡Es usted verdaderamente maravillosa! —Luego prosiguió—: Pero, ¿por qué quiere usted que confesemos la verdad y reconozcamos que somos gente decente?

El semblante de miss Marple se tornó muy grave.

—Porque de un momento a otro —contestó— su esposo va a ser detenido, acusado de asesinato.

Capítulo XIX

Durante unos segundos Dinah se la quedó mirando boquiabierta.

—¿Basil? ¿Acusado de asesinato? ¿Bromea usted? —exclamó incrédula.

—De ninguna manera. ¿No ha leído los periódicos?

Dinah contuvo el aliento.

—¿Se refiere... a esa muchacha del hotel Majestic? ¿Quiere decir con eso que sospechan de Basil?

—Sí.

—Pero... ¡eso es un disparate!

Se oyó fuera el ruido de un automóvil y la puerta del jardín que se cerraba de golpe. Basil Blake abrió la puerta de la casa y entró con unas botellas.

—Traigo la ginebra y el vermut. ¿Hiciste...?

Se interrumpió y miró con incredulidad a la visita.

—¡Está loca! —estalló Dinah—. Dice que te van a detener por el asesinato de Ruby Keene.

—¡Dios Santo! —exclamó Basil Blake.

Se le cayeron las botellas al sofá. Se acercó tambaleándose a una silla, se dejó caer en ella y escondió el rostro entre las manos.

—¡Dios Santo! ¡Dios Santo! —repitió.

Dinah corrió a su lado. Le asió de los hombros.

—Basil, mírame. ¡No es verdad eso! ¡Yo sé que no es verdad! ¡No lo creo ni un solo instante!

Alzó él la mano y asió la de su esposa.

—Dios te bendiga, querida.

—Pero, ¿por qué habían de creer...? Si ni siquiera la conocías, ¿verdad?

—Oh, sí que la conocía, ¡sí, sí! —aseguró miss Marple.

—Calle, vieja bruja! —dijo Basil con ferocidad. Y volviéndose agregó—: Dinah, querida, apenas la conocía. La vi dos o tres veces en el Majestic. Eso es todo, te lo juro.

—No lo comprendo. ¿Por qué había de sospechar nadie de ti, entonces? —preguntó Dinah aturdida.

Basil soltó un gemido. Se tapó los ojos con las manos y se tambaleó de un lado para otro.

—¿Qué hizo con la estera que había delante del fuego? —preguntó miss Marple.

—La metí en el cacharro de la basura —contestó él automáticamente.

Miss Marple hizo un chasquido de disgusto con la lengua.

—Eso fue una estupidez... una estupidez muy grande. A nadie se le ocurre meter en la basura una estera en buen estado. Supongo que quedarían adheridas lentejuelas de su vestido, ¿verdad?

—Sí, no pude sacarlas.

—Pero, ¿de qué están hablando? —se extrañó Dinah.

—Pregúntaselo a ella. Parece estar enterada de todo.

—Le diré lo que yo creo que sucedió, si quiere. Puede usted corregirme, mister Blake, si me equivoco. Yo creo que después de haber reñido violentamente con su esposa en una fiesta y después de haber ingerido, quizá, demasiado... alcohol, vino usted aquí. No sé a qué hora llegaría.

—A eso de las dos de la madrugada. Había tenido la intención de acercarme a la ciudad primero. Luego, al llegar a los suburbios, cambié de opinión. Pensé que Dinah me buscaría. Por eso vine. La casa estaba a oscuras. Abrí la puerta, encendí la luz y vi... y vi...

Tragó un nudo que se le había hecho en la garganta y calló.

—Vio usted a una muchacha —continuó miss Marple— tendida en la estera. Una muchacha con traje blanco de noche... estrangulada. No sé si la reconoció usted entonces...

Basil sacudió la cabeza negativa y violentamente.

—No pude mirarla después de echarle el primer vistazo. Tenía la cara azulada... hinchada... Llevaba algún tiempo muerta y se encontraba allí, en mi sala.

Se estremeció.

—No las tenía todas consigo, claro está. Se encontraba aturdido y no tiene usted los nervios templados. Si no me equivoco, se apoderaró de usted el pánico. No sabía qué hacer...

—Esperaba que Dinah se presentara de un momento a otro. Y me encontrara aquí con un cadáver... el cadáver de una muchacha... y creería que la había matado yo. De pronto se me ocurrió una idea... me pareció, no sé por qué, una buena idea por entonces. Pensé: «La dejaré en la biblioteca del viejo Bantry. Ese fanfarrón siempre me anda mirando con desdén, despreciándo-me por considerarme artista y afeminado. Le estará muy bien empleado. La cara que va a poner cuando se encuentre con una joven muerta en la biblioteca...» Estaba algo borracho entonces, ¿sabe? —dijo, como queriendo justificarse—. Me pareció verdaderamente divertido. El viejo Bantry con una rubia muerta.

—Sí, sí —dijo miss Marple—, al pequeño Tommy Bond se le ocurrió una idea por el estilo. Era un niño bastante delicado, con un complejo de inferioridad. Decía que la maestra siempre se estaba metiendo con él. Metió una rana en el reloj y la rana le saltó a la maestra en las narices. Usted hizo lo mismo. Sólo que, claro está, los cadáveres son cosas algo más serias que las ranas.

Basil volvió a gemir.

—Al amanecer me había serenado ya. Me di cuenta de lo que había hecho. Quedé aterrado. Y luego se presentó aquí la policía... el jefe de policía, otro indi-viduo que es todo posposidad. Le tenía verdadero pánico... y no encontré otra manera de ocultar mi miedo que mostrarme abominablemente grosero. En aquel momento se presentó Dinah.

La muchacha atisbó por la ventana.

—Se acerca un automóvil ahora... Hay hombres dentro.

—La policía, creo yo —dijo miss Marple.

Basil Blake se puso en pie. De pronto se tornó sere-no y resuelto. Incluso sonrió.

—Conque buena me espera, ¿eh? Bien. Dinah, cariño, no pierdas la cabeza. Ponte en comunicación con Sims... es el abogado de la familia. Ve a mamá y anúnciale nuestro matrimonio. No te morderá. Y no te preocupes. Yo no lo hice. Por fuerza ha de arreglarse todo, ¿comprendes?

Llamaron a la puerta.

—¡Adelante! —dijo Basil.

Entró el inspector Slack acompañado de otro hombre.

—¿Mister Basil Blake?

—Sí.

—Traigo una orden de detención contra usted. Se le acusa de haber asesinado a Ruby Keene en la noche del veintiuno de setiembre. Le advierto que cualquier cosa que usted diga podrá ser repetida en el juicio contra usted. Tenga la bondad de acompañarme ahora. Se le darán todas las facilidades para que se ponga en comunicación con su abogado. Puede avisarle cuando quiera.

Basil asintió con un movimiento de cabeza. Miró a Dinah, pero ni siquiera la rozó.

—Hasta la vista, Dinah.

«¡Qué tipo más tranquilo!», pensó el inspector.

Saludó a miss Marple con una inclinación de cabeza y un «Buenos días», y pensó para sí:

«¡Astuta vieja! ¡Ya estaba ella al tanto! Menos mal que tenemos la estera. Eso y averiguar por el encargado del parque de estacionamiento de los estudios que Blake se fue de la fiesta a las once en lugar de la medianoche. No creo que esos amigos suyos tengan la intención de cometer perjurio.

»Estaban borrachos y Blake les dijo con seguridad al día siguiente que eran las doce cuando se marchó, y le creyeron. Bueno, ése ya está listo. Intervendrán los psiquiatras seguramente. No le ahorcarán. Caso mental. Lo mandarán a Broadmoor. Primero la chica de los Reeves. Probablemente la estranguló. La llevó a la cantera, volvió a pie a Danemouth, recogió su propio coche en algún camino y se fue a la fiesta. Luego regresó a Danemouth, se trajo a Ruby Keene aquí, la estranguló y la metió en la biblioteca de Bantry.

»A buen seguro que después se arrepintió de haber dejado el coche en la cantera, volvió allí, le prendió fuego, regresó aquí... loco... ávido de sangre... suerte que esta muchacha se ha salvado. Es lo que llaman manía periódica, seguramente.

Sola con miss Marple, Dinah Blake se volvió hacia ella diciendo:

—No sé quién es usted, pero ha de comprender que Basil no la mató.

—Ya lo sé —dijo miss Marple—. Sé quién lo hizo. Pero no va a ser cosa fácil demostrarlo. Tengo una idea de que algo que usted dijo hace un momento podría ayudar. Me dio una idea... la relación que yo había estado intentando encontrar. Pero, ¿qué fue?

Capítulo XX

Estoy de vuelta en casa, Arthur! —declaró mistress Bantry, anunciando el hecho como si de una proclama real se tratara, al abrir de par en par la puerta del amplio estudio.

El coronel Bantry se puso en pie de un brinco, inmediatamente dio un beso a su mujer y declaró con toda su alma:

—¡Eso es magnífico!

Las palabras eran impecables, los gestos muy comedidos, pero una esposa tan afectuosa como mistress Bantry no se dejaba engañar después de tantos años.

—¿Sucede algo? —preguntó con cierta urgencia.

—No, claro que no, Dolly. ¿Qué iba a suceder?

—¡Oh, no sé! —dijo ella vagamente—. Ocurren cosas tan raras... ¿no te parece?

Se quitó el abrigo mientras hablaba y el coronel lo cogió con cuidado y lo puso sobre el respaldo del sofá.

«Todo igual que de costumbre y, sin embargo, no es el mismo», pensó mistress Bantry. Su esposo parecía haberse encogido. Diríase que estaba más delgado, que tenía más encorvada la espalda. Tenía ojeras y sus ojos no parecían dispuestos a encontrarse con los de su mujer.

—Bueno, ¿y qué? ¿Te divertiste mucho en Danemouth? —dijo él a continuación, con la misma alegría afectada.

—Oh, fue muy divertido. Debiste haberme acompañado, Arthur.

—No podía ser, querida. Tenía muchas cosas que atender aquí.

—No obstante, yo creo que el cambio de aires te hubiese sentado bien. ¿No te gustan los Jefferson?

—Sí, sí, pobre hombre. Buena persona. Muy triste todo eso.

—¿Qué has estado haciendo por aquí desde que me marché?

—Oh, no gran cosa. He hecho una visita de inspección a las granjas, ¿sabes? He decidido que a Anderson le pongan tejado nuevo... no es posible remendarlo más.

—¿Qué tal fue la reunión del consejo de Radforshire?

—Yo... pues... si quieres que te diga la verdad, no asistí.

—¿Que no asististe? Pero, ¿no ibas a presidirlo tú?

—Si quieres que te diga la verdad, Dolly... parece haber habido un error en eso. Me preguntaron si no me daba igual que presidiera Thompson en mi lugar.

—Ya —dijo mistress Bantry.

Se quitó un guante y lo tiró deliberadamente al

cesto de los papeles. Su marido fue a recogerlo, pero ella le contuvo.

—¡Déjalo! —le gritó—. ¡Odio estos guantes!

El coronel la miró con inquietud.

—¿Fuiste a cenar con los Duff el jueves? —preguntó ella en tono severo.

—¿Ah, eso? Lo aplazaron. La cocinera estaba enferma.

—¡Qué gente más estúpida! ¿Fuiste a los Naylor ayer?

—Les telefoneé y les dije que no me encontraba con ánimos y que esperaba me excusaran. Comprendieron perfectamente.

—Conque sí, ¿eh? —exclamó Mistress Bantry con ira contenida.

Se sentó junto a la mesa y, distraída, cogió unas tijeras de jardín. Con ellas cortó uno tras otro todos los dedos de su segundo guante.

—¿Qué estás haciendo Dolly?

—Me siento destructora —respondió.

Se puso de pie.

—¿Dónde vamos a sentarnos después de cenar, Arthur? ¿En la biblioteca?

—Pues... ah... creo que no... ¿eh...? Se está muy bien aquí o en la sala.

—Yo creo que nos sentaremos en la biblioteca.

Su firme mirada se encontró con la de él. El coronel Bantry se irguió. Brilló un destello en sus ojos.

—Tienes razón querida —dijo—: ¡Nos sentaremos en la biblioteca!

Mistress Bantry soltó el auricular del teléfono con una mueca de enfado. Había llamado dos veces y en ambas le habían dado la misma contestación. Miss Marple se hallaba ausente.

Impaciente por naturaleza, mistress Bantry no era de las que están dispuestas a darse por vencidas. Llamó por teléfono, en rápida sucesión, a la vicaría, a las casas de mistress Price Ridley, miss Hartnell, miss Wetherby y, como último recurso, al pescadero, quien, gracias a su ventajosa situación geográfica, solía saber siempre dónde se encontraban todos los del pueblo.

El pescadero lo sentía mucho, pero no había visto a miss Marple en toda la mañana. Ni tampoco había hecho su ronda de costumbre.

—¿Dónde puede estar esa mujer? —exclamó mistress Bantry con impaciencia, hablando lentamente para sí en voz alta.

Oyó una tosecilla respetuosa detrás suyo.

—¿Buscaba usted a miss Marple, señora? —Era el discreto Lorrimer—. Acabo de observar que se está acercando a esta casa.

Mistress Bantry corrió a la puerta principal, la abrió y saludó sin aliento a la anciana.

—¿Dónde has estado? —le preguntó, mirando por encima del hombro. Lorrimer había desaparecido discretamente—. ¡Es horrible! La gente empieza a volverle la espalda a Arthur. Parece más viejo. Hemos de hacer algo, Jane. ¡Tienes que hacer algo tú también!

—No tienes por qué preocuparte, Dolly —contestó la anciana con voz singular.

El coronel Bantry apareció en la puerta del estudio.

—¡Ah, miss Marple! Buenos días. Me alegro de que haya venido. Mi mujer la ha estado buscando por todas partes, por teléfono, como una loca.

—Pensé que era mejor que trajera yo misma la noticia —anunció miss Marple, siguiendo a mistress Bantry al estudio.

—¿La noticia? ¿Qué noticia?

—Acaban de detener a Basil Blake por el asesinato de Ruby Keene.

—¿A Basil Blake? —exclamó el coronel.

—Pero él no la mató —dijo miss Marple.

El coronel no hizo el menor caso de esta afirmación.

—¿Quiere usted decir con eso que estranguló a esa muchacha y luego vino a dejarla en mi biblioteca?

—La dejó en su biblioteca —contestó miss Marple—, pero no la mató él.

—¡Majaderías! Si la metió en mi biblioteca, claro está que la mataría él. Las dos cosas van emparejadas.

—Pero no necesariamente. Él la encontró muerta en su casa.

—¡Bonita historia! —exclamó el coronel con desdén—. Si uno encuentra un cadáver telefonea en seguida a la policía... naturalmente, si uno es una persona honrada.

—Ah —respondió miss Marple—, es que no todos tenemos los nervios de acero como usted, coronel Bantry. Usted pertenece a la vieja escuela. Esta generación más joven es distinta.

—No tiene vitalidad —dijo el coronel, repitiendo una opinión suya muy gastada.

—Algunos de ellos —dijo miss Marple— han atravesado tiempos difíciles. He oído hablar mucho de Basil. Trabajaba en la Defensa Pasiva cuando apenas tenía dieciocho años. Se metió en una casa incendiada y sacó a cuatro criaturas, una tras otra. Volvió luego en busca de un perro, aunque le dijeron que era peligroso. El edificio se le hundió encima. Lo sacaron, pero tenía bastante aplastado el pecho y tuvo que estar tendido, enyesado, cerca de un año, y estuvo enfermo durante mucho tiempo después de eso. Y entonces empezó a sentir interés por las artes decorativas.

—¡Ah! —el coronel tosió y se sopló la nariz—. No... no sabía yo eso.

—No suele hablar de su pasado —dijo miss Marple con displicencia.

—Ah... muy bien. Así se hace. Debe valer más ese muchacho de lo que yo había creído. Siempre creí que había esquivado el ir a la guerra, ¿sabe? Lo que demuestra que uno debe andar con cuidado antes de emitir un juicio.

El coronel parecía avergonzado.

—No obstante —su indignación revivió—, ¿qué rayos pretendía al intentar cargarme a mí el asesinato?

—No creo que viera el asunto así. Pensó en ello más bien como... una broma. Es que se hallaba bajo la influencia del alcohol en aquellos momentos, ¿comprende?

—Bebido, ¿eh? —murmuró el coronel, que sentía cierta simpatía por los excesos alcohólicos—. Ah bien, no se puede juzgar a un hombre por lo que hace cuando está borracho. Cuando yo estaba en Cambridge, recuerdo que puse cierto utensilio... bueno, bueno, es igual. Menudo jaleo armé.

Rió. Luego se contuvo con severidad y miró con ojos perspicaces y penetrantes a miss Marple.

—Usted no cree que cometiera el asesinato, ¿verdad, miss Marple? —inquirió.

—Estoy segura de que no lo hizo.

Mistress Bantry, como en un coro griego, dijo:

—¿Verdad que es maravillosa? —Nadie la escuchó siquiera—. ¿Quién fue?

—Iba a pedirle a usted que me ayudara —dijo miss Marple sin contestar la pregunta—. Para empezar, creo que debiéramos ir de inmediato a Somerset House.

Capítulo XXI

E l rostro de sir Henry estaba muy serio.

—No me gusta —dijo.

—Comprendo que no es lo que suele llamarse ortodoxo —reconoció miss Marple—, pero sí es muy importante para estar completamente seguros. Yo creo que si mister Jefferson se mostrase de acuerdo...

—¿Y Harper? ¿Ha de figurar él en esto?

—Pudiera resultar un poco embarazoso para él saber demasiado. Pero podría usted insinuar algo... que vigilara a ciertas personas... que las hiciera seguir, ¿comprende?

—Sí, eso completaría el caso... —respondió sir Henry lentamente.

El superintendente Harper miró penetrante a sir Henry Clithering.

—Deje que aclare mis ideas —manifestó—. ¿Está usted insinuándome algo?

—Le estoy comunicando lo que mi amigo Conway Jefferson acaba de decirme —le informó sir Henry—. No me lo dijo en secreto... así que puedo repetírselo a usted: Tiene la intención de visitar a un abogado de Danemouth mañana para hacer un nuevo testamento.

Harper frunció el entrecejo.

—¿Y mister Jefferson tiene el propósito de comunicarles a sus hijos políticos su intención?

—Piensa decírselo esta noche.

—Comprendo. —El superintendente golpeó la mesa con la pluma. Luego su penetrante mirada se clavó de nuevo en los ojos del otro—. ¿Con qué no está todo conforme en el caso contra Basil Blake?

—¿Lo está usted?

Tembló el bigote del superintendente.

—¿Lo está miss Marple? —quiso saber.

Los dos hombres se miraron.

—Puede dejarlo en mis manos —dijo Harper—. Designaré agentes. No habrá tonterías... eso puedo prometérselo.

—Hay una cosa más —dijo sir Henry—. Mejor será que vea esto. —Desdobló un papel y se lo entregó.

Esta vez el superintendente perdió la serenidad. Emitió un silbido de sorpresa.

—Conque esas tenemos, ¿eh? Eso hace que el asunto cambie de cariz por completo. ¿Cómo llegó a desenterrar usted esto?

—Las mujeres siempre muestran un especial interés por los matrimonios.

—Sobre todo —dijo el superintendente— las solteronas ancianas.

Conway Jefferson alzó la cabeza al entrar su amigo. En su severo rostro se dibujó una sonrisa.

—Bueno, ya se lo he dicho. Se lo han tomado muy bien.

—¿Qué les dijiste?

—Les dije que, habiendo muerto Ruby, me parecía que las cincuenta mil libras que yo había decidido legarles debían emplearse en algo que pudiera recordar siempre a Ruby. Pensaba fundar una residencia en Londres para jóvenes bailarinas profesionales. ¡Qué forma tan estúpida de emplear el dinero! ¡Como si yo fuera capaz de hacer una cosa así! No obstante, me extrañó que no se sorprendieran como yo esperaba.

Tras meditar unos momentos prosiguió:

—¿Sabes? Me volví loco por esa chica. Me había convertido en un viejo lelo y carcamal. Ahora me doy cuenta. Era una muchacha bonita, pero la mayor parte de su belleza estaba en mi interior solamente. Pretendía ver en ella a mi hija Rosamund. Eran algo parecidas, eso sí, pero con distinto corazón y distinta mentalidad. Dame aquel periódico, publica un problema de bridge muy interesante.

Sir Henry bajó la escalera. Hizo una pregunta al conserje.

—¿Mister Gaskell, señor? Acaba de marcharse en su automóvil. Tenía que ir a Londres.

—Ah, ya... ¿Está mistress Jefferson por aquí?

—Mistress Jefferson, señor, acaba de irse a acostar hace un instante.

Sir Henry se asomó al salón. Hugo McLean estaba haciendo un crucigrama y frunciendo mucho el entrecejo al hacerlo. En la sala de baile, Josie le sonreía valerosamente a un hombre obeso, sudoroso, mientras sus hábiles pies esquivaban los destructores pisotones de su pareja. El hombre obeso se estaba divirtiendo de lo lindo, evidentemente. Raymond, fatuo y hastiado, bailaba con una muchacha de aspecto anémico, cabello pardo mate y un vestido muy caro, al parecer, que le sentaba muy mal.

«Y ahora a la cama», pensó sir Henry subiendo la escalera.

Eran las tres de la madrugada. El viento había amainado. La luna brillaba sobre un mar tranquilo.

En el cuarto de Conway Jefferson no se oía más sonido que el de su propia respiración. Yacía medio incorporado sobre almohadas.

El intruso se fue acercando más y más a la cama. La profunda respiración del durmiente no se interrumpió ni un instante.

No hubo sonido, o apenas lo hubo. Un índice y un pulgar estaban preparados para pellizcar la piel. La otra mano sostenía una jeringuilla.

De pronto, una mano surgió de las sombras y asió el brazo que sujetaba la aguja hipodérmica, mientras con la otra sujetaba al desconocido con fuerza.

Una voz sin emoción, la voz de la Ley, dijo:

—No, amigo. ¡Quiero esa jeringuilla!

Se encendió la luz y, desde su almohada, Conway Jefferson contempló, ceñudo, al asesino de Ruby Keene.

Capítulo XXII

Miss Marple alisó la seda de su mejor vestido de noche. Parecía un tanto cohibida.

—Hablando como si yo fuera Watson y usted Sherlock Holmes —le dijo sir Henry Clithering—, me gustaría conocer sus métodos, miss Marple.

—Y a mí me gustaría saber qué fue lo que la puso sobre la pista en un principio —agregó el superintendente Harper.

Por su parte el coronel Melchett exclamó:

—¡Ha vuelto usted a triunfar, caramba! Quiero que nos lo cuente todo, del principio al fin.

Miss Marple se ruborizó y sonrió.

—Temo que encontrarán ustedes mis «métodos», como los llama sir Henry, terriblemente primitivos. La verdad es que la mayoría de la gente, y no excluyo a los policías, ¿comprenden...?, es demasiado confiada para este mundo tan malo. Creen todo lo que se les dice. Yo nunca lo creo. Tengo la manía de querer comprobar las cosas por mí misma.

—Ésa es una actitud científica —dijo sir Henry.

—En este caso se dieron por sentadas ciertas cosas desde el primer momento, en lugar de atenerse a los hechos —matizó miss Marple—. Los hechos, tal como yo los observé, eran que la víctima era muy joven, que se mordía las uñas y que le sobresalían los dientes un poco... como ocurre con frecuencia en muchachas jóvenes si no se les corrige el defecto a tiempo mediante el empleo de una prótesis. (Los críos son muy malos para eso porque se quitan la prótesis cuando las personas mayores no están mirando.) Pero eso es divagar y apartarse de la cuestión. ¿Adónde había llegado...? Ah, sí... Estaba mirando a la muerta y compadeciéndola, porque siempre es muy triste ver cortada una vida en flor. Y me estaba diciendo que quienquiera que lo hubiese hecho era una persona muy malvada. Claro está que era motivo de confusión el hecho de que hubiera sido hallada en la biblioteca del coronel Bantry. Demasiada similitud con una novela de ficción para que fuese verdad. Total, que formaba un conjunto antiestético. No era, en realidad, lo que había querido hacerse, y eso nos confundía una barbaridad. La verdadera idea había sido plantarle el cadáver al pobre Basil Blake, una persona mucho más admisible, y su acción de trasladar el cadáver hasta la biblioteca del coronel Bantry retrasó considerablemente las cosas y debió molestar enormemente al verdadero asesino.

»Originalmente, como ustedes comprenderán, mister Blake hubiera sido el primer sospechoso. Se hubiera indagado en Danemouth; se hubiera descubierto que conocía a la muchacha: que se había casado con otra... Y luego se supondría que Ruby había ido a hacerle víctima de un chantaje o algo así, y que él la habría estrangulado en un acceso de cólera. ¡Un crimen corriente, sórdido, del tipo que pudiéramos llamar de cabaret! Pero, claro, todo salió mal y se concentró el interés demasiado pronto en la familia Jefferson... con gran rabia de cierta persona.

»Como les he dicho, soy desconfiada por naturaleza. Mi sobrino Raymond me dice, en broma claro está y cariñosamente, que tengo una mente como una cloaca. Dice que les ocurre lo propio a casi todos los de mi época, pero los de mi época conocían la naturaleza humana.

»Como digo, teniendo esta mente tan insalubre (¿O no sería más apropiado llamarla higiénica...?), examiné inmediatamente el lado económico de la cuestión. Dos personas podían salir beneficiadas con la muerte de la muchacha... Eso era innegable. Cincuenta mil libras esterlinas son muchas libras... sobre todo cuando uno tiene dificultades económicas, como a ambas les ocurría.

»Claro que las dos parecían personas muy agradables y buenas. Pero cualquiera sabe, ¿verdad? Mistress Jefferson, por ejemplo... Todo el mundo la quería. Pero era obvio que se había mostrado inquieta y algo desasosegada aquel verano, y que estaba harta de la vida que llevaba, dependiendo por completo de su suegro. Sabía, porque se lo había dicho el médico, que no viviría mucho tiempo... Así que por ese lado no había nada que temer... o no lo hubiese habido si no hubiera aparecido Ruby Keene en escena. Mistress

Jefferson idolatraba a su hijo y algunas mujeres tienen la singular creencia de que los crímenes cometidos por el bien de sus hijos casi están justificados moralmente. Me he tropezado con esa actitud una o dos veces en el pueblo. «Todo ha sido por Daisy, ¿comprende, señorita?», me dicen, y parecen creer que con eso una conducta dudosa queda justificada. Una forma de pensar, a mi modo de ver, muy relajada.

»Mister Mark Gaskell, claro está, ofrecía más probabilidades, si me permiten la expresión. Era jugador y no tenía, en mi opinión, principios morales muy elevados. Pero, por ciertas razones, opinaba que una mujer estaba relacionada con el crimen.

»Como digo, estaba meditando sobre los móviles, y el del dinero se me antojaba muy sugestivo. Fue una verdadera desilusión comprobar, por consiguiente, que estas dos personas podían demostrar la coartada para el intervalo dentro del cual, según declaración del forense, Ruby había hallado la muerte.

»Pero poco después se descubrió el coche incendiado con el cadáver de Pamela Reeves dentro y entonces vi claro todo el asunto. Las coartadas, naturalmente, no valían nada.

»Yo poseía ya dos mitades del caso, y ambas muy convincentes, pero no conseguía hacerlas encajar. Tenía que existir un eslabón de unión; pero no podía encontrarlo. La persona que yo sabía complicada en el crimen no tenía móvil alguno.

»Fui una estúpida —prosiguió miss Marple, musitando—. De no haber sido por Dinah Lee, no se me hubiera ocurrido... y eso que era lo primero que debía habérsele ocurrido a cualquiera. ¡Somerset House! ¡Matrimonio! No era ya cuestión de mister Gaskell sólo o de mistress Jefferson... Existían las posibilidades del matrimonio. Si cualquiera de estos dos se casaba, o si había siquiera probabilidad de que se casaran, entonces la persona con quien fueran a casarse estaría implicada también. Raymond, por ejemplo, podría creer que tenía una buena posibilidad de casarse con una mujer rica. Se había mostrado muy asiduo de mistress Jefferson y fue su encanto, creo yo, lo que la despertó de su prolongada viudedad. Estaba satisfecha con ser como una hija para mister Jefferson... como Ruth o Naomi... sólo que Naomi, como recordarán ustedes, se tomó muchas molestias para prepararle un matrimonio adecuado a Ruth.

»Además de Raymond, estaba mister McLean. Ella le apreciaba mucho y parecía altamente probable que se casara con él a fin de cuentas. Él no disfrutaba de muy buena posición... y no estaba lejos de Danemouth la noche en cuestión. Por tanto, parecía como si cualquiera hubiese podido hacerlo, ¿verdad?

»Pero, claro está, en mi fuero interno en realidad lo sabía. Pero no había manera de escapar de esas uñas mordidas, ¿verdad?

—¿Uñas? —dijo sin Henry—. Pero si se rompió una y se recortó las demás.

—¡Qué tontería! —dijo miss Marple—. Las uñas mordidas y las recortadas son completamente distintas. Nadie que supiera algo de las uñas de una muchacha podría confundirlas. Morderse las uñas es algo muy feo... algo que suelo decirles a las chicas de buena familia. Esas uñas evidencian los hechos, ¿comprenden? Y sólo podían querer decir una cosa: El cadáver hallado en la biblioteca del coronel Bantry no era el de Ruby Keene, ni mucho menos.

»Y eso le lleva a una directamente a una persona que no cabía la menor duda de que estaba complicada. ¡Josie! Josie identificó el cadáver de Ruby. Dijo que lo era. La curiosidad se la comía cuando encontraron el cadáver en la biblioteca. Puede decirse que esa misma curiosidad la delató. ¿Por qué? Porque sabía, y nadie mejor que ella, dónde debía haberse hallado el cadáver. En la casa de Basil Blake. ¿Quién dirigió nuestra atención hacia Basil? Josie, al decirle a Raymond que Ruby podía haber estado con el peliculero. Y, antes de eso, metiendo una fotografía suya en el bolsillo de Ruby. ¿Quién estaba tan enfurecida con la muerta que le era imposible ocultar sus sentimientos hallándose en presencia del cadáver? ¡Josie! Josie, que era astuta, práctica, dura y a la caza del dinero a toda costa.

»Eso es lo que quise decir al hablar de creer las cosas con demasiada facilidad. Nadie pensó en la posibilidad de que Josie estuviese mintiendo al decir que el cadáver era el de Ruby. Simplemente porque no parecía que pudiera tener motivo alguno para no decir la verdad. El motivo era la dificultad siempre... No cabía la menor duda de que Josie estaba implicada, pero la muerte de Ruby parecía, si acaso, contraria a sus intereses. Sólo cuando Dinah Lee mencionó Somerset House se me ocurrió la posible relación.

»¡Matrimonio! Si Josie y Mark Gaskell estuvieran

casados... entonces todo resultaría claro. Como ahora sabemos, Mark y Josie se casaron hace un año. Guardarían el secreto de forma hermética hasta que Jefferson muriera.

»Resultó verdaderamente interesante seguir el curso de los acontecimientos, ¿saben? Y ver exactamente cómo había salido el plan: complicado y, sin embargo, sencillo. En primer lugar, la elección de la pobre Pamela y la forma de abordarla con el cuento cinematográfico. Una prueba cinematográfica... Claro, la pobre criatura no pudo resistir la tentación. No, cuando se lo explicó Mark de una forma tan plausible. Se presenta en el hotel. Él la está esperando. La introduce por la puerta lateral y se la presenta a Josie... ¡una de sus expertas en maquillaje! ¡La pobre criatura! ¡Me da no sé qué cada vez que lo pienso! Sentada en el cuarto de baño de Josie mientras ésta le teñía el cabello, la maquillaba y le esmaltaba las uñas de las manos y de los pies. Durante ese intervalo le dieron la droga. En una limonada o algo así, seguramente. Pierde el conocimiento. Me imagino que la meterían en uno de los cuartos vacíos del otro lado del pasillo...

»Después de cenar, Mark Gaskell salió en su automóvil, al malecón, según él. Fue entonces cuando llevó el cuerpo de Pamela a la casa, envuelta en uno de los vestidos viejos de Ruby y lo colocó sobre la estera. La chica seguía sin conocimiento, pero no estaba muerta. La estranguló allí con el cinturón del vestido. No es muy agradable, no... pero tengo la confianza de que ella no se daría cuenta de nada. De verdad, de verdad que me siento la mar de contenta al pensar que ese hombre va a morir ahorcado... Eso debió de haber sido poco después de las diez. Luego, volvió a toda prisa y encontró a los demás en el salón donde Ruby Keene, que aún vivía, bailaba su número de exhibición con Raymond. Supongo que Josie habría dado instrucciones a Ruby de antemano, Ruby estaba acostumbrada a hacer lo que Josie le mandaba. Debía mudarse de ropa, entrar en el cuarto de Josie y aguardar. También a ella la narcotizaron, seguramente con el café que tomó después de cenar. Recuerden que estaba bostezando cuando hablaba con Bartlett.

»Josie y Raymond fueron luego a «buscarla», pero sólo Josie entró en su cuarto. Probablemente remataría a la muchacha entonces... con una inyección, quizás, o un golpe en la nuca. Bajó, bailó con Raymond, discutió con los Jefferson dónde podría estar Ruby y, por fin, se retiró a dormir. De madrugada, le puso a Ruby la ropa de Pamela, bajó con el cadáver por la escalera de emergencia; era una mujer fuerte, hercúlea; se apoderó del coche de Bartlett, recorrió las dos millas que hay hasta Venn's Quarry, roció el automóvil con gasolina y le prendió fuego. Luego, volvió a pie al hotel, calculando el tiempo, probablemente, para llegar a eso de las ocho o las nueve... ¡haciendo creer que la ansiedad por la desaparición de Ruby la había hecho madrugar!

—Un plan muy complicado —replicó el coronel Melchett, meneando ligeramente la cabeza en señal de aturdimiento.

—No más complicado que los pasos de una danza —respondió la anciana.

—Supongo que no.

—Lo hizo todo concienzudamente —prosiguió miss Marple—. Hasta previó la discrepancia de las uñas. Por eso se las arregló para romper una uña a Ruby con su chal. Serviría de excusa para fingir que Ruby se había recortado las uñas.

—Sí, pensó en todo —dijo Harper—. Y el único indicio verdadero que tenía usted, miss Marple, eran las uñas mordidas de una colegiala.

—Algo más que eso —contestó la anciana—. La gente se empeña en hablar demasiado. Mark Gaskell habló demasiado. Al mencionar a Ruby dijo que «los dientes parecían escapársele garganta abajo». Siendo así que la muerta hallada en la biblioteca de Bantry tenía los dientes salidos.

—¿Y fue idea suya ese desenlace final y tan dramático, miss Marple? —preguntó Conway Jefferson ceñudo.

—Pues... sí que lo fue en realidad —confesó la aludida—. ¡Es tan agradable estar convencida! ¿No le parece?

—Convencimiento es la palabra —dijo Conway Jefferson.

—Es que en cuanto Josie y Mark supieron que iba a hacer un nuevo testamento —explicó miss Marple—, tendrían que hacer algo. Habían cometido ya dos asesinatos por culpa del dinero. ¡Tanto les daba cometer un tercero! Mark, claro está, tenía que poder probar la coartada. Marchó a Londres y la preparó comiendo en un restaurante con amigos y yendo después a un cabaret. Josie había de encargarse de hacer el trabajo. Seguían queriendo que acusaran de la muerte de Ruby a Basil Blake. Era preciso que la muerte de mister Jefferson pareciera debida a un colapso cardíaco. La jeringuilla, según me dice el superintendente, contenía digitalina. Cualquier médico hubiera creído muy normal la muerte por colapso en esas circunstancias. Josie había aflojado una de las bolas de pie del mirador y pensaba dejarla caer después. Se achacaría la muerte al sobresalto que sufriera Conway Jefferson por el ruido que produciría la bola al caer.

—¡Ingeniosa diablesa! —exclamó Melchett.

—¿Así que la tercera muerte a que usted hizo referencia, era la de Conway Jefferson? —preguntó sir Henry.

Miss Marple sacudió la cabeza con un gesto negativo.

—Oh, no... Me refería a Basil Blake. Le hubieran hecho ahorcar si hubieran podido.

—O hecho encerrar en Broadmoor —dijo sir Henry.

Miss Marple siguió hablando sin inmutarse lo más mínimo.

—Era ella la que poseía el carácter dominante —afirmó—. Y fue ella quien ideó el plan. La ironía del caso es que fue ella quien trajo aquí a la muchacha, sin soñar que un día mister Jefferson pudiera encapricharse de ella y echar a perder todas sus posibilidades.

—Pobre criatura... Pobre Ruby... —se lamentó Jefferson.

Entraron Adelaide Jefferson y Hugo McLean. Addie parecía casi hermosa aquella noche. Se acercó a Conway Jefferson y posó una mano sobre su hombro.

—Quiero decirte una cosa, Jeff —dijo con una voz que pareció quebrarse un poco—. Voy a casarme con Hugo.

Conway Jefferson alzó la mirada hacia ella un instante.

—Ya iba siendo hora de que te volvieras a casar —dijo con hosquedad—. Os felicito. A propósito, Addie, mañana voy a hacer un nuevo testamento.

Ella asintió con un movimiento de cabeza.

—Ya lo sé —dijo.

—Tú no sabes nada. Voy a hacerte un donativo de diez mil libras esterlinas. Todo lo demás que poseo irá a parar a Peter cuando yo muera. ¿Qué te parece eso, muchacha?

—¡Oh, Jeff! —La voz de la mujer se hizo añicos—. ¡Eres maravilloso!

—Es un buen chico. Me gustaría verlo con frecuencia... durante el tiempo que me queda de vida.

—¡Oh, lo verás!

Hugo y Adelaide pasaron juntos a la sala de baile, y Raymond se acercó a ellos.

—He de darle a usted una noticia —le dijo Addie—. Vamos a casarnos.

La sonrisa de Raymond fue perfecta... una sonrisa valerosa y pensativa.

—Espero que sea usted muy feliz —declaró, haciendo caso omiso de Hugo y mirándola a ella de hito en hito.

Siguieron su camino y Raymond se quedó mirándolos.

«Una buena mujer —dijo para sí—, una mujer muy agradable. Y con dinero, por añadidura. Con lo que me molesté en aprenderme todo ese cuento de los Starr de Devonshire... Bueno, está visto que no estoy de suerte... ¡Baila, muchacho, baila»

¡Y Raymond volvió a la sala de baile!